이상하고 아름다운 나의 N잡 일지

서메리 지음

티라미수
THE BOOK

이상한 나라의
N잡러

〈내 동생〉이라는 동요가 있다. 한국인이라면 모를 수가 없는 이 '국민 노래'의 가사는 "내 동생 곱슬머리, 개구쟁이 내 동생"으로 시작하여 "이름은 하나인데 별명은 서너 개"라는 유명한 구절로 이어진다.

처음 만나는 사람에게 직업을 소개할 때마다, 내 머릿속에서는 아마도 부모님이나 유치원 선생님에게 배웠을 이 노래가 자동으로 재생된다. 무의식적인 기억으로 30년 남짓 저장되어 있던 흥겨운 멜로디가 귓가에 울리는 가운데, 나는 심호흡을 한 뒤 내 인생의 가사를 또박또박 전한다. "프리랜서인데, 다양한 일을 해요. 책도 쓰고, 번역도 하고, 그림도 그리고, 유튜브도 하고, 온라인으로 강의도 하고 있습니다."

내 몸은 하나인데 직업은 여러 개다. 언제부터였는지는 정확히 모르겠지만, 정신을 차려보니 사람들에게 'N잡러'라는 별명으로 불리고 있었다. 작년쯤 모 영자신문과 인터뷰를 했는데, 내 직업이 'N-Jobber'라는 기묘한 이름으로 소개된 것을 보고 한참 웃었던 기억이 난다. 영어사전에도 없는 그 단어는 아마도 기자가 N-Job에 직업을 뜻하는 영어 접미사 '-er'을 붙여 만들어낸 표현이리라. Sing(노래)에 –er을 붙이면 Singer(가수)가 되고 dance(춤)에 –er을 붙이면 dancer(댄서)가 되는 식이니, 아주 근본 없는 작명은 아닌 셈이다. 기자 분의 재치 있는 표현처럼, 나는 사전적으로 정의되지 않는 다양한 일을 하며 그럭저럭 즐겁게 살아가고 있다. 평온하면서도 지루하지 않은 지금의 일상이 나는 꽤 만족스럽다.

하지만 과거의 나는, 특히 20대를 보내던 무렵의 나는 도저히 끝나지 않을 것만 같은 악순환의 굴레에 빠져 있었다. '문과라서 죄송합니다'라는 자조적인 농담이 떠도는 취업 시장에서 대학 시절 내내 불안에 떨었고, 겨우 취직한 직장에서도 '조직 문화'니 '사내 정치'니 하는 것들에 끝내 적응하지 못하고 퇴사와 이직을 반복해야 했다. 결국 5년을 꽉 채워 일한 법률회사 사무직을 끝으로 조직과 완전한 이별을 택하고 '프리 선언'을 했지만, 돌아온 것은 저축을 까먹으며 사는 백수 생활이었다.

절망적이었다. 그 시절, 거울을 보면 웬 이상한 사람이 서 있었다. 표정 없는 눈썹 위쪽의 평평한 이마에 '사회 부적응자'라는 낙인이 선명하게 찍힌 그것은 실패자의 모습이었다.

변화가 찾아온 것은 분명 다양한 일을 찔러보기 시작하면서부터였다. 자칭 번역가 지망생, 타칭 백수인 시기가 1년을 훌쩍 넘어갈 즈음, 나는 절박한 심정으로 '한 우물을 파라'는 세상의 가르침 혹은 명령에 반항하기 시작했다. 아무도 요청하지 않은 글을 써서 인터넷에 올리고, 아무도 의뢰하지 않은 번역을 해서 직접 팔았다. 자신감은 없었다. 그저 누군가 단 한 명이라도 내 글을 봐준다면, 인터넷 서점에 올려둔 전자책이 단 한 권이라도 팔린다면, 최소한 방구석에서 멍하니 시간을 보내는 것보다 조금은 낫겠지 하는 마음이었다.

그 삽질에서 모든 것이 시작되었다. 글을 씀으로써 나는 작가가 되었다. 그림을 그림으로써 일러스트레이터가 되었고, 외국어를 옮김으로써 번역가가 되었다. 궁지에 몰린 쥐가 고양이를 무는 심정으로 시작한 N잡이었지만, 내가 벌인 일의 진짜 의미를 깨닫기까지는 오랜 시간이 걸리지 않았다. 내게 필요한 것은 일을 주는 사람이나 회사가 아니라 일 그 자체였다. 나는 원하는 직업을 스스로 가질 수 있고, 일의 내용이나 방식 또한 스스로 만들어갈 수 있는 세상에 살고 있었던 것이다.

태어나서 '시대를 잘 타고났다'고 느낀 것은 그때가 처음이었다. 이전까지의 나는 취업난에 시달리는 '3포 세대'이자 '88만 원 세대'였고, '부모보다 가난한 최초의 세대'였으며, 심지어 그 중에도 유달리 적응력이 부족한 도태 직전의 구성원이었다. 하지만 한 우물의 속박에서 벗어난 순간 내 주변을 가득 메운 기회의 조각이 눈에 들어왔다. 그 조각들은 마치 레고와 같아서, 여러 개의 블록을 조립하여 나만의 작품을 만들 수 있었다. 나는 크고 작은 블록들을 고르고, 각각의 블록을 필요한 자리에 배치하며 내게 맞는 일상을 조금씩 만들어갔다.

내게는 세상을 바꿀 힘이 없었고, 자신을 세상에 맞출 재주도 없었다. 하지만 지금의 나는 더 이상 스스로를 사회 부적응자라고 생각하지 않는다. 이 세상에서 찾을 수 없다고 생각했던 내 직업적 기쁨과 보람은 사실 분명 존재했다. 다만 이 우물, 저 우물에 조금씩 흩어져 있었을 뿐이다.

거울 속에 비친 내 모습은 여전히 이상하지만, 지금의 나는 그 이상함을 '실패'가 아닌 다른 이름으로 부른다. 조금 간지럽지만 들을 때마다 기분이 좋아지는, '나다움'이라는 이름으로.

이것은 내가 나다움을 찾아가는 이야기다. 그 길목에서 마주친 실패와 성공, 고민과 해결에 대한 이야기다. 그리고 그 이야기는 어떻게 봐도 전혀 나답지 못한, 그래서 아무리 노력해도 도저히 행복해질 수 없다고 믿었던 공간에서 출발한다.

차례

1장

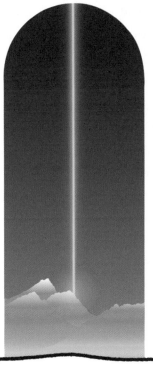

이 세상에 내 자리가 있을까?

나도 내가
이런 사람일 줄
몰랐지

스물 몇 살일 때, 경찰관으로 일하는 친구와 술을 먹다가 이런 이야기를 나눈 적이 있다.

친구 (살짝 꼬부라진 혀로) 야, 수사하기 가장 힘든 범죄자가 어떤 타입인 줄 알아?

나 어떤 사람인데?

친구 자기 자신을 속이는 부류야.

나 ??

친구 남을 속이려고 하는 인간들은 일단 증거가 나오면 혐의를 인정하고 자백을 하거든? 근데 범죄자가 자기 자신을 속이면 답이 없어. 스스로 사실과 다른 스토리를 만들고 굳게 믿어버리니까, 사진이나 CCTV 같은 명백한 증거를 들이대도 절대 아니라고 박박 우기는 거지. 이런 놈들은 절대 반성도 안 하고, 판결이 나와도 받아들이지를 않아.

'최근에 뭔가 힘든 사건을 맡은 모양이구나' 하고 생각했다. 범죄를 수사해본 적은 없지만, 친구의 심정은 어렴풋이 이해할 것 같았다. 친구와 비슷하게 꼬부라진 혀로 위로를 전하며, 나는 그 이름 모를 범죄자들의 뻔뻔함에 치를 떨었다. '죄를 지어놓고 지가 편한 대로 믿어버린다고? 뭐 그런 ××들이 다 있어. 평생 절대 엮이지 않도록 조심해야지.'

그러나 이날의 인상적인 대화를, 나는 몇 년 후 생각지도 못한 방식으로 되새김질하게 된다. 알고 보니 내가 자신을 속이는 범죄자 부류였던 것이다. 이해할 수 없을 만큼 파렴치하다고 생각했던 바로 그 일을 내 손으로 저지르고 있었다. 심지어 그 피해자는 바로… 나였다.

장기간에 걸쳐 피해자를 불행의 구렁텅이에 빠뜨렸던 안타까운 사건의 개요는 다음과 같다.

- 가해자: 서메리
- 피해자: 서메리
- 범죄 사실: 자신을 방치하고 학대하여 몸과 마음의 건강을 해친 죄

대체 어디서부터 잘못된 것일까? 세상 모든 일이 그렇듯, 깊이 파고들면 이 범죄에도 아주 먼 과거부터 이어지는 트라우마나 필연의 연결고리가 존재할지 모른다. 하지만 내가 떠올릴 수 있는 직접적인 계기는 생애 첫 직장인 광고회사에서의 인턴생활이었다. 아무 생각 없이 잘못 꿴 첫 단추가 수년간 나비효과를 일으키며 나를 가련한 피해자로, 동시에 잔인한 가해자로 만들었던 것이다.

인턴으로 지원할 당시, 나는 졸업을 앞둔 다른 모든 동기들과 마찬가지로 취업에 목숨을 걸고 있었다. 당장 다니고 싶은 직장을 결정하지 못해 고민하는 친구도 있었지만 내 꿈은 비교적 명확한 편이었다. 광고인이 되는 것. 영문과 졸업장만으로는 취업문을 뚫기 어렵다는 선배들의 조언에 따라 일찌감치 신문방송학을 복수 전공했고, 관련 직업들을 탐색한 끝에 광고회사를 노려보기로 결정한 상태였다.

약간의 세속적인 이유가 포함된 선택이었지만, 나는 광고 만드는 일을 진심으로 동경했다. 창의성을 발휘할 수 있는 환경이 멋져 보였고, '광고인'이라는 말이 주는 쿨한 느낌도 좋았다. 학교에서 들은 광고 관련 수업도 하나같이 적성에 맞았다. '동경하는 업계의 일원이 되어 좋아하는 일을 하자!' 이 확고한 목표를 위해 대학 시절 내내 노력했다. 광고 관련 수업은 있는 대로 찾아 들었고, 전공 학점과 어학 점수 관리에도 공을 들였으며, 동아리와 대외 활동에도 열심히 참여했다. 덕분에 4학년을 맞아 강남 소재의 작은 광고회사에 인턴 지원서를 낼 무렵 내게는 합격에 필요한 조건이 적당히 갖춰져 있었다.

하지만 처음 경험한 회사생활은 모든 면에서 생각과 달랐다. 아니, 사실 회사의 모습 자체는 예상했던 틀을 벗어나지 않았다. 업계 특유의 잦은 야근이나 높은 업무 강도, 경쟁적인 분위기는 현업에 있는 선배들로부터 익히 들어온 이야기 그대로였다.

그런데 이 문제에 끼어든 의외의 변수가 있었으니, 그것은 바로 나 자신이었다. 건실한 사회인이라면 누구나 견뎌낸다는 이 모든 일들에 나는 어쩐 일인지 도저히 적응할 수가 없었다. 사회라는 틀 안에서 내가 이토록 무력하고 나약할 줄, 학교의 품을 막 떠나던 무렵의 나는 정말이지 까맣게 몰랐다.

첫 직장에서 근무를 시작했을 무렵

메리 씨, 복귀하면 바로
퀵서비스 보내고 의상은 세탁소에
맡겨요. 이따 3시에 미팅 잡혔으니까
자료랑 다과 세팅하고, OO 기자님이랑
XX 기자님한테 보도자료 일정 더블체크
하세요. 비품 생수랑 A4용지랑 커피도
주문해놓고 영수증 받아놔요.

헉헉

저… 대리님, 혹시 지시하신
내용 복귀해서 한 번만 더 말씀
해주시면 안 될까요? 제가 지금은
손이 없어서 메모를 할 수가…

처음으로 냉정한 '사회'의 일면을 마주한 순간이었다.

회사 체질
아닌 이의
회사생활　　잔혹사

ᵕ

직장을 경험하기 전, 나는 내가 야근에 질색하는 사람인 줄 몰랐다. 학교에 다닐 때도 과제나 공모전 준비를 하며 강의실에서 밤을 샌 적이 여러 번 있었기에 스스로 늦게까지 일하는 문화에 익숙하다고 철석같이 믿었다. 하지만 주어진 업무가 끝났는데도 서로의 눈치를 보며 8시, 9시까지 퇴근을 미루는 분위기에는 도저히 적응하기 힘들었다. 친구들 사이에서는 애주가로 통하는 나였지만, 그럼에도 폭탄주를 말며 몇 시간 동안 '뽕짝'만 부르는 회식 자리에는 매번 끌려가는 기분이었다.

　그렇다고 해서 그런 일들을 거부할 용기도 없었다. 나는 매일 상사들이 퇴근한 후 마지막으로 가방을 챙겼고, 회식 날에는 스타킹을 신은 허벅지에 멍이 들도록 탬버린을 치며 〈사랑의 밧데리〉를 열창했다. 이해할 수 없다고 해서 실행할 수 없는 것은 아니었으니까. 그러나 실행할 수 있다고 해서 이해할 수 있게 되는 것도 아니었다.

감정을 능숙하게 숨기는 타입도 아니었기에(이런 성격 또한 내 조직생활의 백만 가지 애로사항 중 하나였다) 선배와 사수들은 이내 나의 고민을 알아챘다. 그들은 경험과 노하우를 담아 진심 어린 조언을 건넸다. 이해되지 않는 순간이 오면 영혼을 가출시키고 무념무상으로 버티라는 것이었다. 불합리한 일도 결국은 다 월급에 포함된 노동이고, 좋아하는 일을 하는 대가라는 게 그들의 설명이었다. 돈을 받으며 이런 일을 버티지 못하는 건 나약하고 무책임한 태도라고 했다.

그때부터였다. 내가 스스로를 속이기 시작한 건. 나는 비슷한 시기 사회생활을 시작한 친구나 입사동기들 중에서도 유달리 회사에 융화되지 못했다. 여기서 뭔가 이상한 점을 인지했다면, 잠시 멈춰서 나를 돌아보는 시간을 가졌어야 했다. 하지만 나는 현실이라는 핑계를 대며 마음의 소리를 외면했다. 남들은 그러려니 한다는 절차에서 불합리함을 느끼거나 남들은 한 귀로 흘린다는 말에 상처를 받을 때마다 내가 비정상인 거라고, 어떻게든 정상이 되어야 한다고 열심히 자신을 세뇌했다.

인턴 기간을 마칠 무렵, 내 안에는 몇 년간 죽어라 좇았던 광고인의 꿈이 더 이상 남아 있지 않았다. 지금 와서 돌이켜보면 광고'회사'에 다니고 싶지 않았던 것인데, 그때의 나는 광고라는 일에 대한 애정이 부족하다고만 생각했다. 직장생활의 필연적인 괴로움을 견딜 수 있을 정도로 그 일을 좋아하지 않는다는 스토리를 만든 뒤, 스스로 굳게 믿어버린 것이다.

그 가짜 믿음을 발단으로 좋아하는 일을 찾기 위한 고단하고 무의미한 여정이 시작되었다. 그때 생각했던 '일'에 꼭 업무만 포함된 것은 아니었다(업무가 주는 재미와 보람에 대한 기대는 인턴 경험을 기점으로 완전히 사그라졌다). 대기업 간판이 주는 자부심이든, 넉넉한 연봉이 주는 안정성이든, 참기 힘든 조직생활을 견디게 해줄 그 무언가가 나타나기만을 바라며 몇 번이고 회사를 옮겼다. 그사이 임직원이 네 명인 중소기업부터 1천 명대 규모의 중견기업, 1만 명이 넘는 대기업 그룹 계열사를 두루 거쳤다. 광고부터 패션 유통, 법률 회사에 골고루 발을 담갔으며 발로 뛰는 영업직부터 모니터 앞에 붙어 있는 사무직까지 다양한 직군을 체험했다.

하지만 어느 곳에도 내 자리는 없었다. 월급도, 명함도, 복지도, 4대 보험도, 그 어떤 장점과 혜택도 맞지 않는 곳에서 일하는 고통을 상쇄시키지 못했다. 시간이 갈수록 조직 부적응자라는 낙인이 더 선명해질 뿐이었다.

'가해자' 서메리가 진실을 회피하는 동안 '피해자' 서메리는 차츰 망가져갔다. 불면증 때문에 병원에 다니고, 밤낮으로 두통에 시달렸으며, 온몸에 원인을 알 수 없는 두드러기가 났다. 마음의 병이 몸으로 드러나기 시작했을 때, 가해자는 그제야 자신이 무슨 짓을 했는지 깨달았다. 일단 상황을 파악하자 CCTV만큼 선명한 방치와 학대의 증거가 곳곳에서 드러났다.

다행히 아주 갱생의 여지가 없는 악질은 아니었는지, 죄를 인지한 가해자는 뒤늦게나마 진심으로(어쩌면 이러다 죽겠다 싶어서) 잘못을 뉘우치고 피해자에게 사과했다. 피해자는 너그러이(어쩌면 화낼 기운도 없어서) 그의 사과를 받아주었다.

그래서 두 메리는 손을 잡고 타박타박 회사를 나왔다. 그리고 머리를 맞댄 채 조직 밖에서 먹고살 궁리를 시작했다. 가장 먼저 떠올린 방법은 독립근무자로 자리를 잡는 것이었다. 에세이《회사 체질이 아니라서요》에서 소개했듯이, 이때는 나 자신의 취미와 특기를 비롯한 여러 요소를 고려해서 '출판번역가'라는 새로운 직업을 목표로 삼았다. 하지만 커리어 한 개로 자리를 잡기에 회사 밖 세상은 냉혹하고 내가 가진 자원은 너무 모자랐다. 그리하여 이 책에서 소개할 새로운 도전이 시작되었다. 내 안에 잠재된 작고 소중한 재주를 탈탈 털어 알뜰하게 우려먹는 '생계형 N우물 파기'라는 도전이.

우리 동아리에는 대대로 내려오는 전설적인 무용담(?)이 있었다.

학생 때 그 이야기를
들은 내 반응은,

대박 멋있다….
나도 꼭 그렇게
해야지!

취업만 된다면
그쯤이야.

하지만 막상 내가
인턴이 되자…

집에 가고
싶어…. 야근
지긋지긋해.

어쩌면 이런 자기 부정과 자기혐오야말로
나를 괴롭히는 가장 큰 요인이었다.

난 왜 이 모양
이지…. 누군 숙식도
한다는데

난 어째서
이 정도도 못
견딜까.

고양이를 무는
쥐의
마음으로

ᵕ

회사를 나와 독립근무자가 되기로 결심했을 때, 나는 '번역가'라는 단 하나의 목표에 올인했었다. 동시에 여러 일을 추진하는 법을 배우지도 못했거니와 퇴사라는 결심에 이미 치사량 가까운 담력을 써버렸기에 계획의 나머지 부분에서는 더더욱 안전에 집착했던 것 같다. 책을 좋아하고, 영문학을 전공하고, 사람에 질려서 혼자 일하는 게 속 편했던 내게 번역가는 떠올릴 수 있는 가장 무난한 선택지였다.

그렇게 새로운 목표를 향한 도전이 시작되었다. 돌이켜보면, 그때의 내 모습은 광고회사를 지망하던 대학생 시절과 꼭 닮아 있었다. 낮에는 학원 수업과 스터디에 참여하고, 저녁에는 번역

관련 책을 읽거나 지망생들이 모인 인터넷 카페를 들락거리며 정보를 수집했다. 보수가 형편없는 '열정 페이' 아르바이트에도 오직 경력을 쌓겠다는 마음으로 열과 성을 다했다. 광고인이 되는 미래를 꿈꿨던 20대 초반처럼, 새로 이직할 회사에 기대를 걸었던 20대 중반처럼, 프리랜서 번역가를 지망하던 20대 후반의 나는 또 다시 좋아 보이는 우물 하나를 소처럼 우직하게 팠다.

그 저돌적인 굴착 공사가 옆길로 샌 것은 말 그대로 현실 때문이었다. 선생님에게 배운 대로, 책과 인터넷에서 보고 들은 대로, 할 수 있는 모든 노력을 기울였는데도 우물이 터질 기미를 보이지 않았던 것이다. 공부를 시작한 지 1년 반 만에 겨우 공동 번역 하나를 따냈지만, 원고를 넘기고 거의 두 달 뒤에 입금된 작업비 100여만 원은 월세와 관리비, 공과금이라는 이름으로 통장을 스쳐 순식간에 사라졌다.

수입이 아예 없는 건 아니었다. 하지만 현실적인 생활 밑천은 퇴사할 때 찾아둔 적금과 퇴직금이었다. 그 돈이 떨어져가면서 내 도전에는 슬슬 노란불이 켜졌다. 그것은 '강제 종료'가 임박했음을 알리는 경고등이었다. 잔고는 비어가고, 믿을 구석은 없고, 할 수 있는 시도는 다 해봤고⋯. 나는 지금이 포기를 고려해야 할 시점임을 알았다. 갈 데 없이 거리에 나앉지 않으려면 이미 홀쭉해진 통장이 진짜 바닥을 찍기 전에 현실적인 대안을 마련해야만 했다.

사실 답은 정해져 있었다. 재취업. 출퇴근과 사무실과 사회생활이 기다리고 있는 세계로 돌아가는 것. '경력 단절' 꼬리표가 붙긴 했지만 연봉을 낮추면 직장 찾기가 불가능하진 않을 테고, 어쨌든 기약 없는 프리랜서보다는 몇 번 해본 취업 쪽이 가능성 높은 시도일 터였다.

하지만… 싫었다. 나는 취업을 하기가, 직장인으로 돌아가기가 정말 죽을 만큼 싫었다. '회사'라는 단어를 떠올리면 조건 반사처럼 답답했던 기억이 밀려왔다. 출근 걱정에 날이 훤히 새도록 잠을 이루지 못했던 날들, 숨이 쉬어지지 않아 창밖으로 머리를 내밀고 붕어처럼 뻐끔거리던 날들이.

이 기구한 팔자에는 회사 밖에서 굶어 죽거나 회사 안에서 말라 죽는 극단적인 선택지밖에 없단 말인가? 열심히 한다고 했는데, 내 한 몸 건사하며 살기가 이렇게 어렵다고?

그 시점의 나는 반쯤 악에 받쳐 있었고 반쯤 자포자기한 상태였다. 한 우물만 파라는 가르침을 평생 떠받들며 살아온 내가 별안간 온갖 자리를 파헤치기 시작한 데는 이런 절박함이 있었다. 굶어 죽으나 말라 죽으나 어차피 똑같은 엔딩이잖아. 그러니 그 전에 후회라도 남기지 말자. 그렇게 궁지에 몰린 백수 쥐는 N잡이라는 고양이를 덥석 물었다. 그리고 당장 회사 밖에서 혼자 팔 수 있는 우물에 어떤 것들이 있는지 눈에 불을 켜고 찾기 시작했다.

SNS에 글과 그림을 올리기 시작한 것은 하나의 시도였다. 그 전에도 블로그에 드문드문 일상을 공유하긴 했지만 본격적인 활동을 시작한 것은 이때부터였다. 뭐가 됐든 하루에 하나씩 올린다는 나만의 원칙을 세우고, 요리 레시피부터 책 리뷰까지 머리를 스쳐가는 생각을 닥치는 대로 포스팅했다.

운영하는 채널의 개수도 늘렸다. 시작은 네이버 블로그였지만, 어차피 올릴 글이면 한 명이라도 더 봐주었으면 하는 생각에 인스타그램과 페이스북, 핀터레스트, 카카오 브런치 등에 계정을 몇 개씩 만들었다(이 과정에서 자연스럽게 다양한 플랫폼의 특징과 구독자들의 성향, 내 콘텐츠와의 궁합을 확인했다).

독립출판사도 차렸다. 세상에 내 번역을 써주는 출판사가 하나도 없다면 내가 직접 만들어 나를 고용하겠다는 오기에서 나온 선택이었다. 판권과 저작권에 대해 공부하고, 인터넷을 뒤져가며 전자책 제작하는 법도 배웠다. 나의 첫 번역서는 이렇게 가내수공업으로 제작되어 세상에 나왔다.

물론 이런 시도를 했다고 당장 현실적인 문제가 해결된 것은 아니었다. SNS를 시작하자마자 팔로어가 폭발했다거나 독립출판으로 낸 번역서가 단박에 생활비를 해결해주었다거나 하는 영화 같은 반전은 없었다. 그럼에도 불구하고, 나는 그 우물들

사이를 돌아다니며 묘한 안도감을 느꼈다. 여기가 바로 내 자리라는, 지금껏 경험하지 못한 낯선 편안함을.

　단순히 많은 일을 한다는 합리화에서 온 '정신 승리'만은 아니었다. 스스로 선택한 우물들을 파 내려가는 동안, 나는 생각지도 못한 두 가지 선물을 얻었다. 첫 번째 선물은 추진력이었다. 세상이 정해준 매뉴얼과 별개로 나 자신을 움직이는 진짜 힘이 무엇인지 알게 된 것이다. 두 번째 선물은 N잡의 의미에 대한 깨달음이었다. N잡의 진정한 가치는 직업 개수를 늘리는 데 있지 않았다. 다양한 일들을 찔러보는 과정에서, 나는 N잡이 한 사람의 '이상함'을 '특별함'으로 바꿔주는 열쇠라는 사실을 깨달았다.

N잡에 뛰어들기 전까지의 내 삶은
마치 연표처럼 직선으로 흘렀지만

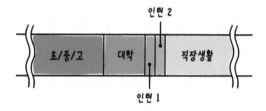

N개의 우물을 파기 시작하며
모든 것이 바뀌었다.

이 흥미로운 여정의 끝에서 나는 어떤 그림을 마주하게 될까?

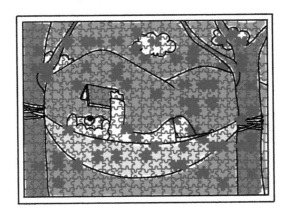

그 결과와 과정을 나 스스로 결정할 수 있다는 건
분명 조금쯤 즐겁고 설레는 일이다.

이상한
나를 움직이는
이상한
힘

⌣

자신은 사실 '빠순이' 출신이라고, 화면 속 여성 연예인이 해맑은 얼굴로 말한다. 빠순이란 90년대 전후에 많이 쓰이던 속어로, 보통 남자 아이돌을 좋아하는 여성 팬을 일컬었다. 어감에서 느껴지듯 다소 비하적인 뉘앙스가 담겼지만, 원래 본인에게는 본인을 낮춰 말할 권리가 있는 법. 빠순이를 자처하는 그의 태도에서도 비하가 아닌 겸손과 위트가 묻어났다. "○○그룹의 ×× 오빠를 좋아했어요. 학창시절 내내 콘서트와 음악방송을 죽어라 쫓아다녔죠." 그 발언에 주변의 패널들이 눈을 동그랗게 뜬다. 그도 그럴 것이, 그는 우리나라에서 손꼽히는 명문대 출신으로 잘 알려져 있었기 때문이다. 어떻게 성적 관리를 했냐고 누군가 묻자, 그가 망설임 없이 대답한다. "콘서트에서 ×× 오빠가 공부 열심히 하라고 했거든요. 오빠가 시키는 대로 했더니 성적이 올랐어요." 재치 있는 답변에 MC와 패널들이 웃음을 터뜨린다.

모니터 앞에서 그들과 함께 웃으며, 나는 조금 이상한 기분을 느꼈다. 대견함과 존경심과 부러움이 한데 섞인 복잡한 감정이었다. 한창 공부할 나이에 연예인 뒤꽁무니를 쫓아다닌다고 타박도 받았을 텐데 끝까지 좋아하는 일을 좇은 소녀의 뚝심이 대견했다. 어른이 된 뒤에도 카메라 앞에서 당당히 팬심을 고백하는 용기가 존경스러웠다. 무엇보다, 그가 십 대라는 어린 나이에 자신만의 추진력을 발견했다는 사실이 부러웠다.

아이돌 가수의 말을 듣고 공부를 했다는 그의 멘트를 사람들이 어디까지 진담으로 받아들일지는 모르겠다. 하지만 적어도 나는 그 이야기가 재미있는 동시에 충분히 사실적이라고 생각했다. 좋아하는 사람에게 잘 보이고 싶다는 마음은 많은 상황에서 불가능을 가능으로 바꿔주는 커다란 에너지니까. 직접 공부를 가르치거나 학원에 보내주지 않았어도, 그의 '오빠'는 학구열이라는 불씨에 기름을 부어주었다. 좋은 학교에 가라는 선생님의 훈계보다, 좋은 직업을 가지라는 부모님의 잔소리보다, 동경하는 연예인의 격려 한마디가 그에게는 더 큰 추진력이 되었을 것이다. 그런 힘을 발견했을 때 사람은 행동한다. 우리 오빠가 공부 열심히 하래. 그러니까 열심히 할 거야. 얼마나 단순하면서도 강력한 주문인가?

그 연예인보다 성적이 안 좋았던 이유를 변명하려는 건 아니지만, 나는 학창시절에 그만큼 큰 추진력을 갖지 못했다. 졸업한 후에도 한참 동안 그랬다. 남들이 하라는 일은 적당히 하고, 하지 말라는 일은 대충 안 하고, 입으로는 늘 투덜댔지만 사실은 어떤 일도 전력으로 밀어붙인 적이 없었다. 그런 삶은 답답했지만, 한편으로는 불행에 대한 핑계를 댈 수 있어서 편했다. 부모님이 가라는 학교에 가고, 선배들이 추천하는 진로를 택하고, 세상이 좋다고 말하는 회사에 들어갔다. 그러니 행복해지는 데 실패한 것이 어떻게 내 탓이랴?

그 실패의 규모가 그저 그랬다면 나 또한 적당히 순응하고 때때로 핑계도 대며 걷던 길을 계속 걸었을지 모른다. 그러나 내 안에 심긴 불행의 씨앗은 생각보다 만만한 녀석이 아니었다. 새싹 때는 대수롭지 않지만 무시하고 방치하면 결국 별의 생존을 위협할 만큼 거대해지는 《어린 왕자》의 바오밥나무처럼, 나와 내가 속한 세상의 괴리는 시간이 갈수록 커지며 결국 백수 신분과 바닥난 통장이라는 현실적이고 절대적인 위기로 이어졌다.

바로 그 순간에 내가 자신을 움직이는 힘을 발견한 건 단순한 우연이었을까? 아니면 절박한 마음이 잠자는 추진력의 머리채를 잡고 강제로 끌어낸 것일까? 이유야 어쨌든, 그 힘과 마주한 순간 좋아하는 가수의 콘서트를 찾은 '빠순이'에게 일어났던 일이 내게도 일어났다. 벼랑 끝이라고 생각했던 곳에 희미하게나마 길이 보였고, 절대 할 수 없으리라 믿었던 일이 별안간 할 만하게 느껴졌다. 개인 SNS도 운영하지 않던 내가 온갖 플랫폼에 콘텐츠를 만들어 올리고, 손실이 두려워 주식투자조차 하지 않던 내가 무려 출판사를 차리며 사업을 시작한 것은 모두 그 힘을 발견한 이후였다.

굳이 그 연예인과 나의 차이점을 꼽자면, 그의 에너지가 '오빠'라는 멋진 히어로였던 반면 내 에너지는 '조직생활'이나 '백수', '생활고' 같은 인생의 빌런들이었다는 것이다. 스스로도 몰랐지만, 나는 영웅보다 악당에 반응하는 사람이었다. 절박한 순간 주인공 자리를 꿰찬 빌런들은 '연봉'이나 '승진' 같은 히어로들이 끝까지 움직이지 못했던 내 몸과 마음을 움직이게 했다. 회사에 안 다니려면 밖에서 먹고살 길을 찾아야 해. 그러니까 찾아낼 거야. 지극히 단순하면서도 엄청나게 강력한 삶의 주문을, 나는 마침내 찾아낸 것이다.

자신의 추진력을 몰랐던 시절의 나는, 마치 연료를 잘못 넣은 자동차처럼 아무리 노력해도 시동을 걸 수 없었다. 멈춰 있는 차를 움직이겠다고 억지로 밀어붙이며 살아왔으니, 그동안 같은 길을 가면서도 남들보다 힘들었던 이유를 문득 알 것 같았다. 제대로 된 연료가 들어오자, 쭉 잠들어 있던(그래서 있는 줄도 몰랐던) 내 안의 엔진이 눈을 떴다. 엔진이 돌아가자 생각은 빨라지고 망설임은 줄어들었다.

그 엔진을 돌린 연료이자 내 삶을 움직인 추진력이 '싫은 마음'이었다는 사실은 아무리 생각해도 웃기다. 모순적이게도, 나는 겁나게 싫은 일을 안 하기 위해 그나마 덜 싫은 일들을 열심히 할 수 있는 인간이었던 것이다.

살면서 나보다 밥을 천천히 먹는 사람은 못 봤다.

그런 의미에서 직장인 시절의 점심시간은
내게 견디기 힘든 스트레스였다.

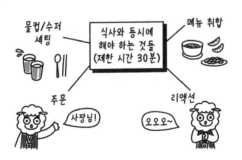

그리고 지금,
이 카툰을 그리는 오늘의 내 점심시간은…

찔러보기일까,
현실도피일까

'싫은 일'이라는 추진력을 연료 삼아 온갖 우물을 파면서, 나의
N잡 연대기는 엉겁결에 스타트 라인을 끊었다. 넓게 보면 그
순간에 나는 이미 네 개의 직업을 갖고 있었던 셈이다. 원래 하
던 번역 일에 더해서 독립출판사를 차렸고, SNS에 글과 그림을
올리면서 작가 겸 일러스트레이터가 되었으니까. 동시에 여러
우물을 파는 생활에 익숙해지고, 굳이 명사로 된 직함이 중요하
지 않다고 생각하게 된 요즘은 그 무렵에 했던 일들이 모두 어
엿한 직업이자 잠재적인 파이프라인이었다고 생각한다.

하지만 네 번이나 뛰쳐나온 취업 시장에 돈이 없어서 다섯 번
째로 돌아가게 생긴 마당에, '나는 인스타그램에 그림을 올리니

까 일러스트레이터야!' 같은 속 편한 생각을 하며 지내기란 쉽지 않은 법이다. 남들은 어떨지 모르겠지만, 애초에도 낙천적이지 못한 데다 인생의 굴곡을 겪으며 자존감이 바닥을 찍고 있던 당시의 나는 그랬다. 굳이 애매한 SNS까지 들먹일 것도 없다. 안정적인 거래처 하나 잡지 못한 데다, 수입 면에서도 드문드문 용돈을 벌어들이는 게 전부인 번역 일 또한 나로서는 정식 직업으로 인정하기가 어려웠다. 그때까지 내가 생각한 스스로의 직업 개수는 (백수를 제외하면) 여전히 '0'이었다.

출발할 당시 내 머릿속에는 'N잡'이니 'N우물'이니 하는 거창한 포부가 없었다. 다만 뭐라도 찔러봐야 한다는 다급한 본능이 있었을 뿐이다. 그 본능의 화살이 독립출판이라는 우물에 날아가 꽂힌 건, 사업에 대한 열정이 아니라 어쩌면 끝까지 제대로 된 번역가로 자리 잡지 못하리라는 조바심 혹은 체념 때문이었다.

1년 넘는 세월을 공부와 영업에 쏟아부었지만 결국 내게는 그럴듯한 수입원 하나, 변변한 인맥 하나 남지 않았다. 그나마 가진 것을 닥닥 긁어보자면, 시간을 투자해 쌓은 번역 지식과 귀동냥으로 주워들은 출판계의 소소한 정보가 머리에 남았다는 것 정도. 어쨌든 나는 영어 원서를 어떻게 번역하는지 알았고, 세상에 독립출판이라는 루트로 책을 내는 사람들이 있다는 이야기를 들은 적 있었다. '뭐라도 해보자!'라는 추진력이 생겨

낲을 때 '직접 옮긴 번역서를 독립출판으로 팔아볼까?'라는 아이디어가 가장 먼저 떠오른 것은, 마침 내 손에 들려 있던 퍼즐 조각이 딱 그 두 개였기 때문이다.

나는 그날부터 인터넷과 도서관을 들락거리며 출판사 설립 방법을 공부했다. 그리고 인터넷 아이디로 쓰던 필명을 따서 독립출판사 '메리북스'를 차렸다. 출판사가 생긴 뒤에는 도서 제작을 배우러 다니고, 서점들과 거래 계약을 맺고, 은행과 주민센터를 방문해서 사업자통장과 인감증명서 따위를 만들었다. 그로부터 약 한 달 뒤, 우리 출판사의 첫 번역서《지킬박사와 하이드》는 교보문고와 예스24를 비롯한 인터넷 서점에서 정식으로 판매되기 시작했다. 인쇄비와 물류비를 아끼기 위해 종이책 대신 전자책을 택하고, 그나마 제작비까지 아끼려고 코딩을 배워서 하나부터 열까지 직접 만들어낸 결과물이었다.

그사이 남는 시간에는 각종 SNS를 돌아다니며 포스팅을 올렸다. 마음에 위로가 되었던 책이나 영화에 대한 감상을 글로 정리하고, 그날그날 해 먹은 음식을 사진으로 찍고, 퇴사 후의 일상을 만화로 그려 업로드했다. 이런 활동의 일차적인 목적은 홍보였다. 요즘 인터넷에 많이 보이는, 맛집 리뷰로 클릭을 유도하는 부동산이나 치과 등의 블로그를 떠올리면 이해가 쉬울 것이다. 접근성 높은 포스팅으로 조회수를 늘리면 우리 출판사와 책을 알리는 데 조금쯤 도움이 되지 않을까 싶었다. 솔직히 현실도피성 집착도 없었다고는 못 하겠다. 사소하나마 생산성 있는 활동으로 일정을 촘촘히 채우는 동안, 나는 텅 빈 시간이면 어김없이 밀려오는 어두운 상념으로부터 도망칠 수 있었다.

그렇게 새로운 우물을 찔러보며, 혹은 불안으로부터 도망치며 몇 달을 보냈다. 다행히 그 시간은 서서히 미미하지만 눈에 보이는 성과로 이어졌다. 가만히 앉아 있었으면 그저 흘려보냈을 시간에 출판사도 차리고 홍보도 했으니까. 아무도 일을 주지 않는 상황에서 내가 가진 기술을 활용해 수입을 창출할 방법을 스스로 찾아냈다는 사실도 의미 있었다. 정가 990원에 판매된 《지킬박사와 하이드》는 매달 1만 원 전후의 매출을 올렸는데, 수입으로 보면 턱없이 적은 금액이지만 한번 올려둔 전자책 파일에서 계속 일정한 수입이 들어온다는 개념은 내게 그 자체로 놀라운 발견이었다. 실물 도서가 있는 것도 아니고, 대형 출판사처럼 광고를 낼 수 있는 것도 아닌데, 직접 제작하고 '셀프'로 홍보한 단편소설 하나가 이렇게 꾸준히 팔린다니. 만약 저렴한 전자책 시장에 현실적인 수요가 있다면, 좋은 원서를 잘 번역해서 열심히 팔았을 때 티끌 모아 태산까지는 아니더라도 생활비 정도는 뽑을 수 있겠다는 작은 희망이 생겼다.

여기까지는 시작 단계에서 어느 정도 기대했던, 그래서 담담하게 자축할 수 있는 결과였다. 첫 시도에서 가능성을 엿본 나는 새로 얻은 데이터를 바탕으로 다음에 만들 전자책을 준비하기 시작했다.

하지만 그로부터 몇 년이 지나도록 메리북스의 두 번째 번역서는 세상에 나오지 못했다. 열 페이지쯤 번역하다 만《노인과 바다》는 아직도 그 상태 그대로 내 노트북 바탕화면에 저장되어 있다. 이렇게 의외의 결과가 나온 복잡한 사연을 딱 한 줄로 요약하자면 이렇다. 아파트 공사 현장에서 문화재가 발굴되듯, 내가 찔러보듯 파기 시작한 우물들에서 예상과 전혀 다른 경제적 가치가 발굴되어버린 것이다.

당시 이 작품을 원작으로 한 뮤지컬이 인기리에 상연 중이었고

할리우드에서 영화로도 리메이크된다는 정보가 있었거든요!

(뭐, 지금까지도 나오지 않은 걸 보면
영화 제작은 무산된 모양이지만 ㅠㅠ)

그래도 이런 노력 덕분에 판매량이 조금이라도 올라가지 않았을까요? :)

아무도
나를
찾아주지
않아서

ᵕ

독립출판에 도전한 것은 회사를 나오고 거의 2년 가까운 시간이 흘렀을 때였다. 번역을 공부하는 내내 아니, 다니던 번역 아카데미 코스를 모두 수료하고 이론적인 지식을 쌓은 후에도 나는 어쩐 일인지 그 기술로 '직접' 수입을 창출한다는 생각은 전혀 못 했다. 저축이 떨어져가던 마지막 순간에 발상을 전환하자는 아이디어가 떠올라서 그렇지, 만약 그렇지 않았다면 나는 그대로 취업 시장으로 돌아갔을 가능성이 크고, 그랬다면 번역가를 준비하던 시간은 영영 한때의 일탈이자 이루지 못한 꿈으로 박제되었을 것이다.

번역도 배웠고, 독립출판도 알고, 전자책에 관심도 많았으면서(국내에 출시된 전자책 단말기를 1세대부터 전부 사 모았을 정도다) 나는 왜 '번역서 전자책 독립출판'이라는 방법을 떠올리지조차 못했을까? 어째서 기성 출판사를 비롯한 고객들이 알아서 일을 주기만 바라며 하염없이 기다리기만 했을까?

가장 큰 이유는 몰랐기 때문이다. 현실에도, 책에도, 인터넷에도, 내게 이런 길이 있다는 사실을 알려주는 사람은 없었다. 내가 알아낸 번역가 데뷔 방법에는 몇 가지가 있었지만, 인맥이든 영업이든 이력서든 하나같이 외부 클라이언트로부터 일감을 받아서 경력을 쌓는 방식이었다. 정말 아무도 몰랐던 것인지, 누군가는 알면서도 숨겼던 것인지 알 수는 없지만, 어쨌든 본인 손으로 직접 번역서를 만들고 판매함으로써 스스로 옮긴이 타이틀을 달 수 있다는 사실을 누구도 가르쳐주지 않았다.

하지만 이게 전부는 아니다. 단순히 남 탓, 업계 탓으로만 돌리기에는 나 자신의 실수와 무지도 컸다. 앞에서도 얘기했듯이, 내 안에는 분명 긴 시간에 걸쳐 쌓아온 퍼즐 조각들이 있었다. 그럼에도 그 퍼즐을 맞춰볼 생각을 못 했던 건 한 우물을 파야 한다는 고정관념에 줄곧 빠져 있었기 때문이다. 불투명한 미래를 그토록 불안해하면서도, 나는 감히 선배들이 가르쳐준 방법 외에 다른 길을 얼쩡거린다는 생각을 못 했다. 번역 공부를 해서 실력을 쌓고 클라이언트에게 영업해서 일감을 받아내는 것. 이 정석적인 루트를 제외한 다른 모든 길은 원래 파던 우물에

방해가 되는 딴짓이자 한눈팔기로만 여겼다.

그럼에도 결국 한눈을 팔게 된 것은 버티기에 한계가 찾아왔기 때문이다. 퇴로가 막힌 상황에서 총알이 떨어지니, 돌멩이든 나뭇가지든 살기 위해 일단 던져야 한다는 생존 본능이 밀려왔던 것이다. 어쩔 수 없다는 마음으로 독립출판을 준비하면서, 나는 이 선택이 원래의 도전에 마이너스가 되리라는 씁쓸한 각오를 했다. 사업자 등록이나 전자책 제작 같은 일에 시간을 쏟는 만큼 아무래도 공부나 영업에 투자할 시간이 줄어들 테니, 그만큼 원래 노리던 클라이언트로부터 일감을 받을 확률은 낮아지리라 예측했다.

그러나 메리북스에서 첫 전자책이 나온 순간, 나는 그 예상이 완전히 틀렸다는 사실을 깨달았다. 검토 차원에서 인터넷 서점 페이지에 걸린 《지킬박사와 하이드》의 상품 설명을 읽던 나는 어느 한 부분에서 저도 모르게 멈칫했다. 그곳에는 '옮긴이'라는 소개와 함께 내 이름 석 자가 선명히 찍혀 있었다. 그 글자들이 말했다. 내가 만들어낸 것은 단순한 상품이 아니라고. 그것은 지난 세월 그토록 갖고 싶었던, 내 이름으로 된 번역서였다. 독립출판은 내게 수입뿐만 아니라 경력을 만들어주는 창구였던 것이다.

법적으로도, 사업적으로도, 그 책은 엄연히 내 저작물이자 경력이었다. 프리랜서나 취업에 한 번이라도 도전해본 사람이라면 초반 경력을 쌓기가 얼마나 어려운지 잘 알고 있을 것이다. '다들 경력자만 찾으면 신입은 어디서 경력을 쌓냐'는 자조적인 농담이 유행할 정도로, 신인이 제대로 된 일감을 얻기란 말 그대로 하늘의 별 따기다. 그런데 누구도 일을 맡겨주지 않아 스스로 만들어낸 그 책은 내게 원할 때마다 필요한 경력을 만드는 길을 열어주었다.

그사이 곁가지로 찔러보던(이거야말로 번역과는 아무 관계도 없다고 믿었던) 우물들도 의외의 어시스트를 해주었다. 가령, 내가 운영하는 블로그나 SNS 계정들은 그 자체로 번역가 이력서에 기재할 수 있는 하나의 '스펙'이 되었다. 그때 알았다. 의외로 조회수나 구독자 수보다 더 중요한 것은 일을 구하는 사람이 스스로 PR을 하는지 아닌지 여부라는 것을. 물론 영향력이 크다면 더할 나위가 없겠지만, 꼭 그렇지 않더라도 내 콘텐츠를 올리고 내 번역서를 홍보하는 채널을 갖고 있다는 것은 잠재적 클라이언트에게 생각보다 크게 인정받는 강점이었다. 직접 만든 경력에 더해 홍보에 대한 적극성을 어필하면서, 내 번역가 이력서는 한 우물만 파고 있을 때와 비교할 수 없이 화려해졌다.

얼마 후 나는 국내에서 몇 손가락 안에 드는 큰 출판번역 에이전시와 전속 계약을 맺었다. 그 계약을 발판 삼아서, 마찬가지로 지금까지는 결코 닿을 수 없었던 대형 출판사들과도 업무 관계로 인연을 맺기 시작했다. 번역을 통해 들어오는 수입은 월 매출 1만 원 선에서 수백 만 원까지 수직 상승했다(이것이 바로 《노인과 바다》 프로젝트가 중단된 직접적 이유다).

동시에 여러 우물을 판다는 선택을 하지 않았다면 이런 결과를 얻을 수 있었을까? 한 번뿐인 현재를 살아가는 인간으로서, 이 질문에 대한 답은 평생 알 수 없을 것이다. 어쩌면 끝까지 한 우물만 팠더라도 언젠가는 꿈을 이룰 수 있었을지 모른다. 그러나 만약 그랬더라도, 그런 방식으로 손에 넣은 삶의 모습은 분명 지금과 달랐을 것이다.

한 우물을 파던 시절, 번역가는 내게 궁극적인 목표였다. 하지만 N우물을 통해 그 목표에 닿은 순간, 나는 선명한 예감을 받았다. '아, 여기는 끝이 아니라 시작이구나.'

우리는 다름을 존중해야 한다고 하면서도

은연중에 '다르다'라는 말 자체를
부정적인 의미로 사용한다.

그런 세상 속에서, 나 역시 오랫동안
한 우물에만 집중하는 게 옳다고 믿었다.

하지만 막상 경험해보니, '다른' 우물들은
내 시야를 넓혀주었을 뿐 아니라

원래의 세계를 오히려 단단하게 만들어주었다.

흐름을 거스른다는 것

불과 10여 년 전까지만 해도 한 사람이 둘 이상의 직업을 갖는다는 것은 매우 특이한 일로 여겨졌다. 여기서 말하는 '특이함'에는 긍정적 의미와 부정적 의미가 모두 포함된다. 다양한 능력을 갖췄다는 이미지로 선망의 대상이 되기도 했지만, 한편으로는 유별나고 집중력이 약하며 심지어 이기적이라는 편견에 시달리기도 했다.

2010년 무렵 콩트와 풍자 개그로 상한가를 달리던 개그맨이 '개가수'라는 콘셉트로 음반을 냈을 때, 가요계에서는 그가 뮤지션들의 영역을 침범한다는 우려가 터져 나왔다. 재미난 것은 비슷한 시기 영화와 드라마 시장에 진출한 가수들이 대거 생겨났고, 그들 역시 선을 넘었다며 질타를 받았다는 사실이다. 그보다 더 옛날에는 배우가 광고에 출연하는 것만으로도 본업에 충실하지 않다며 욕을 먹었다는데, 끼가 넘쳐나는 연예인조차 이렇게 한 우물의 속박에 묶여 있었다면 보통 사람들이 받는 압박은 어느 정도였을지 짐작이 되고도 남는다.

　하지만 세상은 빠르게 변했고, 이제는 한 사람을 하나의 정체성으로만 규정하려고 하는 태도가 더 이상하게 느껴진다. 아니, 오히려 어떤 분야에서 성공을 거둔 이가 영역을 확장하지 않고 그 자리에만 머물러 있는 모습이 어색할 지경이다. 《호밀밭의 파수꾼》으로 전설이 된 미국 소설가 J. D. 샐린저는 극도로 내성적인 성격 탓에 유명인사가 된 후에도 외부 노출을 일절 삼갔다고 한다. 그는 처음부터 끝까지 '작가'라는 하나의 직업 정체성을 유지했는데, 그의 선택은 지금도 신기한 사례로 회자되고 있다. 드라마 〈오징어 게임〉으로 2022년 골든글로브 남우조연상을 수상한 오영수 배우가 다른 활동을 거부하고 연기에만 전념하겠다고 밝힌 사건은 한동안 잔잔한 화제였다. 대중들은 그의 결단력 있는 모습에 박수를 보냈지만, 그렇다고 같은 작품을 발판 삼아 광고와 예능 등으로 활발하게 진출한 동료 배우들을 비난하지는 않았다. 굳이 따지자면 자연스러운 쪽은 후자였다.

　이처럼 오늘날에는 성공의 경험이 하나의 우물을 또 다른 우물로 이끄는 마중물 역할을 한다. 사업가든, 직장인이든, 전문직이든, 자신의 필드에서 톱클래스에 오른 이들은 숨을 쉬듯 자연스럽게 N잡의 길로 들어선다. 그들은 책을 출간하고 다양한 매체에 출연하고 연단에 선다. 유튜브나 SNS로 지식과 생각을 공유하고, 콘텐츠 반응이 괜찮으면 영향력과 함께 '인플루언서'라는 새로운 직업을 덤으로 얻는다. 출발은 달랐어도 그 골인 지점에는 대개 비슷한 결말이 기다리고 있다. J. D. 샐린저나 오영수 배우 급의 굳건한 신념이 없는 한 성공한 이들은 누구나 N잡의 필드로 들어선다. 여기까지는 우리 주변에서 흔히 볼 수 있는, 그래서 더 이상 특별하지도 않은 패턴이다.

하지만 그 반대의 흐름은 이만큼 잘 알려져 있지 않은 것 같다. N잡을 도착 지점이 아닌 출발 지점으로 삼는 흐름. 어떤 사람들은 성공을 발판으로 파이프라인을 확장하는 대신 자신이 원하는 삶을 손에 넣기 위해 사방에 우물부터 파기 시작한다. 유명인이 아닌 만큼 그들의 초반 여정은 상대적으로 눈에 띄지 않는다. 그러나 중요한 것은 세상에 이런 길이 분명히 있으며, 그들의 묵묵한 도전이 목표했던 골인 지점으로 이어지는 사례 또한 얼마든지 존재한다는 사실이다.

따지고 보면 출발점이든 도착점이든, 한 사람이 N잡을 추구하는 본질적인 이유는 동일하다. 조금 있어 보이게 표현하자면 '효율성', 보다 친근하게 표현하자면 '아까움' 때문이라고 할까. 성공한 사람들이 새로운 분야에 우물을 파기 시작하는 건 낭비

되고 있는 아까운 기회가 눈에 보이기 때문이다. 남는 시간에 책도 낼 수 있고, 강연도 할 수 있는데 굳이 그 기회를 낭비하며 사업만 할 이유가 무엇인가? 그런데 이러한 효율성의 원리는 사실 성공하지 않은 사람에게도 똑같이 적용된다. 남는 시간에 사업도 할 수 있고, 콘텐츠도 만들 수 있는데 굳이 그 기회를 낭비하며 본업에만 매달릴 이유가 무엇인가? 이것이 바로 얼떨결에 파기 시작한 N우물을 통해 내가 얻은 가장 큰 배움이었다. 당장 그 크기가 너무 작아서 보이지 않았을 뿐, 내게도 놓치고 살아가는 기회가 있었던 것이다. 한번 이 사실을 깨닫자 어지러울 정도로 주변을 가득 메운 가능성이 눈에 띄기 시작했다.

N개의 시도를 통해 그토록 소망했던 목표를 이룬 후에도, 다시 말해 탄탄한 고객과 계약을 맺고 서점에 내 이름이 찍힌 번역서들이 진열되기 시작했음에도, 나는 어쩐지 지나온 길에서 거쳤던 우물들을 버릴 수 없었다. 아니, 시간이 갈수록 내 촉을 건드린 것은 본업보다 오히려 그 곁가지 우물들에 가까웠다. 습관처럼 손을 움직여 끄적인 그림이나 지나가는 생각을 모아 적은 글들은 번역가로 자리 잡은 시점에 이미 상당한 분량으로 쌓여 있었다.

한 우물의 관점으로 세상을 보던 시절, 본업과 관련 없는 그런 활동은 기껏해야 약간 건설적인 취미에 불과했다. 결과에 대한 기대 없이, 그저 '놀면 뭐 하니' 하는 심정으로 매달렸던 시간 때우기용 활동이었던 것이다. 그런데 N잡이 가능하다는 마인드가 생기자 똑같은 글과 그림이 전혀 다른 각도에서 보이기 시작했다. 내가 쓰고, 그리고, 옮기며 만들어낸 모든 것들은 사실 사람들이 콘텐츠라고 부르는 무형의 상품과 본질적으로 다를 게 없었다. 일단 이런 관점에 눈을 뜨자, 갑자기 본전 생각이 나기 시작했다. 아까웠다. 시간과 정성을 쏟아 만든 나의 창작물이 그저 인터넷 게시물로 소비되고 끝나버린다는 사실이.

남의 책을 옮기는 직업을 가졌던 내가 갑자기 직접 책을 써보기로 마음먹은 데는 이러한 의식의 흐름이 있었다.

추진력을 찾고 'N우물' 스위치가 켜졌을 때

나는 영화 <매트릭스>의 한 장면을 떠올렸다.

N우물 스위치가 켜지면, 분명 존재하지만
내내 놓치고 살았던 수많은 가능성이 보인다.

그 순간 세상을 보는 우리의 관점은
영원히 변화한다.

갑작스럽지만
뜬금없지는   않은
결심

ᵕ

책을 쓰기로 마음먹은 것은 2018년 봄이었다. 그때 써둔 일기에 따르면, 주제를 구상하기 시작한 것은 3월 무렵이었고 본격적으로 원고 작업을 시작한 것은 4월부터였다. 같은 해 6월, 자기계발서 베스트셀러로 유명한 출판사에서 출간 제안을 해왔고 몇 주 후 정식 계약을 맺었다. 최종 원고는 12월에 완성되었으며 편집과 디자인, 인쇄를 거쳐 이듬해 3월부터 종이책과 전자책이 서점에서 팔리기 시작했다.

군더더기 없는 일정을 보면 감이 오겠지만, 내 첫 책은 비교적 순조롭게 세상에 나왔다. 온갖 출판사의 바짓가랑이를 잡고 늘어졌던, 그럼에도 긴 시간 고배를 마셨던 첫 번역서 때와는 전혀 다른 모양새였다. 특히 출간 제의가 들어온 타이밍은 지금 봐도 기가 막힌다. 태어나 처음 쓴 원고가 고작 2개월 만에, 심지어 미처 완성되지도 않은 상태에서 러브콜을 받다니! 심지어 나는 태어나서 한 번도 글쓰기를 정식으로 배운 적이 없었다.

이렇게만 써놓고 보면 마치 내게 천부적인 글재주라도 있었던 것 같다. 내 안에 나도 모르는 창작의 재능이 숨어 있었고, 돌고 돌아 비로소 적성을 찾아냈다는 드라마틱한 스토리의 소재로 딱이다. 솔직히 나도 내게 그런 재능이 있었으면 좋겠다. 노력형 범재보다 타고난 천재를 높이 평가하는 사회의 일원으로서, 이쪽이 훨씬 '먹히는' 스토리라고 생각하기도 한다.

하지만 (안타깝게도) 내가 실제로 겪은 건 숨겨진 천재성의 폭발과는 거리가 먼, 길고 지지부진하며 때로는 좀스럽기까지 한 삽질의 과정이었다. 핵심부터 말하자면, 내가 책 쓰기라는 우물을 수월하게 팠던 것은 순전히 그 이전에 깔짝깔짝 건드렸던 다른 우물들 덕분이었다.

첫 원고를 구상하기 전까지 나는 분명 책을 써본 경험이 없었다. 그러나 그건 어디까지나 '내 책'에 해당하는 이야기일 뿐, 번역하는 과정에서 '남의 책'을 옮겨 쓴 경험은 수없이 많았다. 원서의 저자가 쓴 글을 처음부터 끝까지 꼼꼼히 읽으며 한 단어씩 옮기는 사이, 내 어휘력과 문장력은 저도 모르게 조금씩 성장했다. 작가를 꿈꾸는 문학도들 대부분이 거쳐 간다는 필사 훈

런을 나는 무의식적으로 몇 년씩 하고 있었던 것이다.

홍보를 위해 열심을 다한 SNS 활동도 생각지 못한 방향에서 도움이 되었다. 비록 짧고 가벼운 내용일지라도, 인터넷에 올린 각종 포스팅은 내가 독자의 존재를 의식하면서 쓴 최초의 글이었다. 읽는 사람을 생각하며 초안을 쓰고, '등록' 버튼을 누르기 전에 몇 번씩 수정하는 과정을 거치면서, 나는 자연스럽게 집필과 퇴고라는 낯선 작업에 익숙해졌다.

하지만 '글을 쓰는 능력' 자체는 앞서 판 우물들이 가져다준 혜택의 극히 일부에 불과했다. 세상 모든 분야가 그렇듯, 작가로서의 역량이 꼭 문장력만을 의미하지는 않는다. 글을 잘 쓰는 순서대로 데뷔할 수 있는 것도 아니고, 마찬가지로 잘 쓴 책이 반드시 잘 팔리는 것도 아니다. 그런 의미에서, 내가 그 경험을 통해 얻은 최고의 자산은 글재주가 아니라 진출하고 싶은 시장에 대한 안목, 그리고 나 자신에 대한 이해였다.

번역과 독립출판을 하는 과정에서, 나는 자연스럽게 우리나라 출판 시장을 분석하고 도서 판매 트렌드를 확인할 수 있었다. 당시의 목적은 순수하게 번역서를 파는 것이었지만, 이 시도는 결국 내 콘텐츠의 수익화라는 새로운 도전에 영향을 미쳤다. 한 치 앞만 보고 찔렀던 우물이 의도치 않게 '큰 그림'으로 완성되는 경험이었다. 그사이 꾸준히 운영하던 SNS 채널들에서는 콘텐츠에 대한 피드백이 실시간으로 들어왔다. 조회수와 댓글을 훑어보면 내가 어떤 이야기에 강하고 약한지, 어떤 독자들이 내 글을 보는지, 그들이 내게 원하는 게 무엇인지 확실히 알 수 있었다(조회수와 댓글이 없으면 그 사실 자체가 중요한 피드백이었다).

내게 창작자로서의 인지도가 전혀 없었던 만큼, 솔직히 대부분의 콘텐츠에는 서운하다 싶을 만큼 반응이 없었다. 하지만 긍정적으로 생각하면 오히려 그렇기 때문에 댓글 하나, 조회수 몇 개가 아주 중요한 데이터 역할을 했다. 어떤 콘텐츠의 반응이 조금이라도 좋다면, 그것은 나라는 사람의 인기 때문이 아니라 순전히 그 안에 담긴 내용이 독자들에게 어필했다는 뜻으로 해석할 수 있었으니까.

그때 올렸던 포스팅 중에 상대적으로 반응이 괜찮았던 것은 엄마와의 첫 자유여행을 풀어낸 여행기와 독립출판에 도전하는 과정을 담아낸 연재물이었다. 둘 모두 글과 그림이 곁들여진 일러스트 에세이였고, 개인적인 경험담 속에 유용한 정보(여행에 들어간 경비나 사업 신고에 필요한 서류 등)를 조금씩 녹여내는 구조였다. 엄마와 딸의 이야기에 공감하는 댓글이나 좋은 정보를 줘서 감사하다는 댓글을 보며, 나는 내게 맞는 콘텐츠의 방향이 무엇인지 서서히 감을 잡을 수 있었다.

그렇기에 '책을 써볼까?'라는 내면의 질문은 갑작스러우면서도 마냥 뜬금없지는 않았다. 결코 만만해 보이지 않았지만, 해보지도 않고 도망칠 필요 또한 없을 것 같았다. 일단 의욕이 생기자, 우물을 파며 무의식적으로 했던 연습이 그다음 과정을 자연스레 알려주었다.

SNS에 올릴 글감을 정했던 것처럼, 일단은 책의 주제를 골라야 했다. 내가 가진 이야기 중에서 독자들의 공감을 얻을 만하고 동시에 경험과 정보를 담아낼 수 있는 소재를 고르다 보니 '퇴사 후 프리랜서 도전기'라는 아이디어가 떠올랐다. 문과 출신 퇴사자가 독립근무자로 자리 잡는 모습을 책으로 담아내면 비슷한 걱정을 안고 살아가는 또래 청년들에게 도움이 되고, 같은 이유로 상품으로서의 매력도 가질 수 있지 않을까 싶었다.

소재를 정한 뒤에는 글의 길이나 목차 같은 구성을 고민했다. 어떻게 하면 책의 모양새를 만들 수 있을까 고민한 끝에, 재미있게 읽었던 에세이집 하나를 책장에서 뽑아서 한 꼭지를 통째로 타이핑해보았다. 분량을 확인해보니 대략 A4용지 두 페이지가 꽉 채워지는 길이였다. 그 책에는 비슷한 분량의 글이 약 서른 꼭지 담겨 있었다. '좋아. A4용지 두 페이지짜리 글을 30개 모으면 책 한 권이 된다 이거지.' 그리고 워드 파일에 새 문서를 띄운 뒤 첫 번째 글을 쓰기 시작했다.

나는 '글쓰기'라는 매개체로
트렌드를 파악했지만

저마다 자신의 자리에서 감지할 수 있는
트렌드가 있다고 생각한다.

너무 당연한, 그래서 너무 뻔하게 느껴지는 매일의 일상 속에

사실은 세상의 변화에 대한 가장 정확한 단서가 담겨 있다.

2장

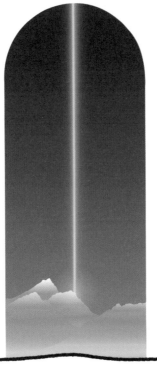

이상한 나지만 행복하게 살고 싶어서

노력했다고
다 결과가 나오진
않으니까

N잡러로서 내 삶은 한 우물을 파다가 옆길로 새면서 시작되었다. 학생에서 직장인으로, 직장을 나온 뒤에는 다시 번역가 지망생으로, 늘 하나의 목표에 목을 매던 내가 어느 순간 '싫은 일을 피한다'는 추진력을 찾았고, 그 힘을 바탕으로 생전 안 하던 짓을 저지른 것이다. 덜컥 사업을 시작하고 닥치는 대로 콘텐츠를 만들던 그 무렵의 내게는 방향이나 결과를 따질 여유가 없었다. 그저 회사로 돌아가지 않으려면 일단 뭐라도 해야 한다는 간절함에 몸을 바삐 움직였을 뿐이다. 후회를 남기지 않으려 최선을 다했고, 결과적으로 그때 팠던 우물들이 다음 단계의 바탕이 되었지만, 그래도 체계가 없고 들인 품에 비해 성과가 적었

던 것이 사실이다. 내 N잡 이야기를 한 편의 연극으로 만든다면, 절박하면서도 투박했던 이 초반 시기는 공연의 서막쯤에 들어가지 않을까?

본 막이 시작된 것은 책을 쓰면서부터였다. 그때부터 나의 우물 파기에 체계와 방향이 잡혔고, 조금씩이나마 노력과 성과의 균형이 맞춰지기 시작했다. 되는 대로 찔러보던 방식에서 결과를 생각하고 움직이는 방식으로 변화가 생겼고, 출발하는 시점부터 다양한 가능성을 고려하여 계획을 세웠다. 나만의 규칙이 생기고 리스크를 관리하기 시작하면서 내 일상과 커리어에는 조금씩 안정이 찾아왔다.

사실 '책 쓰기'라는 수단 자체는 그렇게 중요하지 않다. 내 개인적인 취향과 당시에 벌여놓은 일들이 한데 엮여 '책을 쓰자!'라는 생각으로 이어졌을 뿐, 만약 다른 물건을 만들거나 남이 만든 물건을 떼어다 팔거나 혹은 그 외에 어떤 길을 택했더라도 내가 일하는 방식은 크게 달라지지 않았을 것이다.

감정에도 많은 변화가 찾아왔다. 안정적인 회사에 다닐 때조차 늘 미래에 대한 걱정을 달고 살던 내가 경험도 없는 데다 결과마저 불투명한 원고 작업을 하는 동안에는 이상하리만치 마음이 편했다. 글이라는 수단과 별개로, 그때부터 지금까지 온갖 일을 했고 지금도 하고 있지만 예전과 같은 극심한 불안은 더 이상 찾아오지 않는다. 이 극적인 변화에 이유가 있다면 아마도 시행착오를 바탕으로 마침내 내게 맞는 N잡의 활용법을 알아낸 덕분일 것이다.

그 활용법의 핵심은 플랜 B에 있었다. 내게 주어진 우물의 개수가 정해져 있지 않다는 건 단순히 한 번에 여러 가지 일을 할 수 있다는 뜻만이 아니었다. 하나의 일을 놓고 여러 길을 뚫는 것 또한 N우물의 특별한 강점이었다. 나는 독립출판이라는 우물을 파는 과정에서 이 진리를 깨달았다. 번역이라는 일을 놓고 고객에게 업무를 받을 수도 있지만, 동시에 출판 같은 길을 뚫어서 직접 돈을 벌고 경력도 쌓을 수 있는 거였다. 전에는 고객을 잡는다는 한 우물에만 집착하며 그 우물이 터지지 않으면 모든 것이 실패라고 믿었다. 지금 보면 얼마나 미련한 생각이었는지. 그 사실을 깨달은 뒤로, 나는 무슨 일을 하든 반드시 플랜 B에 해당하는 대안을 최소 한 개 이상 마련해놓고 작업에 들어갔다.

'노력하면 결과가 나오겠지'라는 식으로 안일하게 덤볐던 번역과 달리, 책을 쓰기 시작할 때 내 머릿속에는 기본적인 계획 외에도 이런저런 상황에 대비한 예비 우물들이 대기하고 있었다. 가장 이상적인 그림은 원고를 써서 탄탄한 출판사에 투고를 하고, 그쪽에서 제작과 홍보 비용을 투자받아 종이책을 인쇄하는 것이었다. 그렇게 출간된 책이 어느 정도 팔려준다면 인세 수입과 더불어 작가라는 새로운 직업으로 자리도 잡고, 번역가라는 기존 우물과의 시너지까지 기대할 수 있을 것 같았다.

하지만 일이 기대처럼 흘러가리라는 보장은 어디에도 없었다. 만약 내 원고를 받아주는 출판사가 한 군데도 없다면 번역서 때처럼 독립출판을 활용해서라도 어떻게든 책을 낼 생각이었다. 비용 때문에 종이책 제작은 어렵겠지만 전자책은 인쇄비, 물류비가 빠지는 만큼 마진이 크니 가격을 낮춰 잡아서 경쟁력을 만들기로 했다. 혹시 직접 출판한 책이 전혀 안 팔리더라도 일단 원고를 더 써서 전자책을 세 권까지는 만들어볼 계획이었다. 3이라는 숫자에는 나름대로의 의미가 있었다. 그 정도 작업을 해보면 적어도 전자책 만드는 기술에 익숙해질 테고, 저서가 세 권이면 판매량과 관계없이 어딜 가서든 작가라고 얘기할 수 있을 것 같았다. 그다음에는 전자책 제작 수업이든, 문화센터 같은 곳에서 하는 글쓰기 강의든, 이 우물에서 파생된 기술을 가지고 또 다른 파이프라인을 뚫어볼 심산이었다.

한 우물에 대한 집착을 버린 덕분에, 내게 책 쓰기라는 도전은 최선의 경우 수입과 인지도가 생기고 최악의 경우에도 기술과 경력은 남는 도전이 되었다. 낮에는 번역을 하고 밤에는 글을 쓰며 보냈던 그 시간이 내내 평온했던 것은 내게 재능이 많거나 자신감이 넘쳐서가 아니었다. 그 낯선 평화는 어떤 상황에서도 나를 지켜줄 우물들이 있다는 확신이 엮여 만들어진, 어른이 된 후 처음 갖게 된 단단한 보호막의 느낌이었다.

N우물을 파다 보면 종종 이런 말을 듣는다.

물론 세상에는 이런 긍정 에너지를
연료로 삼는 N잡러도 많겠지만

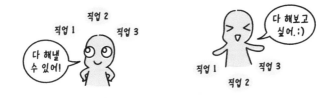

개중에는 나처럼 자신감 부족을
여러 우물로 메우며 나아가는 케이스도 있다.

어쩌면 N잡은 오히려 소심한 이들에게
더 잘 맞는 직업적 선택일지 모른다.

힘들 때 기댈 언덕이 있다는 느낌만큼
강력한 안정제는 흔하지 않으니까.

초여름
햇살 속에서
생긴 일

⌣

날씨에 대한 감각이 무딘 편이다. '여름은 덥다', '겨울은 춥다' 정도의 기본적인 인식은 있지만 구체적으로 몇 월이 어느 정도의 기온인지, 어떤 기간에 비가 오고 눈이 오는지, 반팔은 언제 꺼내야 하며 목도리는 언제 넣어야 하는지, 사계절 뚜렷한 이 나라에 30년 넘게 살면서도 여태 체화하지 못했다. 덕분에 매년 흩날리는 벚꽃 속에서 홀로 패딩점퍼 차림으로 돌아다니고, 소나기를 쫄딱 맞고서야 비로소 장마가 시작되었음을 깨닫는 어리바리한 생활을 이어가고 있다.

이런 내가 11월 중순과 6월 중순, 1년 중 딱 두 시기의 날씨만큼은 일기예보 없이도 오감으로 기억한다. 11월 중순은 내

생일이 있는 무렵으로, 시원한 가을바람에 겨울의 스산한 기운이 본격적으로 스며들기 시작하는 시점이다. 생일날 멋을 부린답시고 얇은 원피스나 재킷을 입고 나갔다가 몇 번이나 대차게 감기에 걸리고 나서, 그날의 풍경과 날씨는 생존을 위한 필수 정보로서 뇌세포에 깊이 각인되었다.

6월 중순은 여름이 초읽기에 들어가는 시기다. 봄볕의 따스함 속에 이글거리는 불볕더위의 기운이 서서히 퍼져나간다. 이른 아침이나 저녁 외출에는 얇은 카디건이 필요하지만 한낮에는 반팔만 입어도 등과 목덜미에 땀이 송골송골 맺힌다. 옷자락 섬유 사이로 촉촉이 배어드는 그 땀방울의 감촉은, 우연히도 내 삶의 방향을 바꾼 몇 가지 특별한 기억과 연결되어 있다.

나는 바로 그 시기에 퇴사를 했다. 마지막 출근을 하던 날, 몇 가지 인수인계 서류에 서명을 한 뒤 개인 물품이 담긴 쇼핑백을 들고 회사 정문을 빠져나와 5호선 광화문역을 향해 걸었다. 빳빳하게 다려진 흰색 블라우스 뒷덜미가 땀에 젖어들기 시작했지만, 내가 느낀 것은 어제까지만 해도 조건반사처럼 밀려오던 짜증이 아니라 뿌듯한 카타르시스였다.

'칼라 따위 때가 타든 말든, 이제 입을 일 없으니 상관없어. 최소한 드라이클리닝 걱정은 더 이상 할 필요 없겠네.'

정확히 2년 뒤, 나는 같은 햇살을 받으며 6호선 마포구청역 출구를 나섰다. 구청 문화진흥과에 방문하여 출판사 설립 신청을 하는 날이었다. 더운 날씨 탓인지 통유리로 지어진 청사가 마치 거대한 온실처럼 보였지만, 다행히 그날의 의상은 통풍이 잘 되고 세탁기에 돌리면 그만인 반팔 상하의에 샌들이었다. '메리북스'라고 적힌 신청 서류를 담당자에게 전달하는 짧은 순간을 기점으로, 내 신분은 백수에서 사업가이자 N잡 꿈나무로 전환되었다.

그로부터 딱 1년이 흐르고 또다시 6월이 되었을 때, 나는 팔뚝까지 걷어 올린 린넨 셔츠에 깔끔한 면바지와 스니커즈 차림으로 2호선 합정역 입구에 얼떨떨한 기분으로 서 있었다. 한쪽 어깨에 멘, 소설책 굿즈로 받은 에코백 속에는 방금 전 출판사에서 받아 온 서류가 들어 있었다. '출판계약서'라는 제목으로 된 그 서류에는 '회사 체질이 아니라서요'라는 가제와 함께 내 이름과 서명, 그리고 6월 29일이라는 날짜가 찍혀 있었다.

설레는 마음처럼 일렁이는 초여름 햇살 속에서, 나는 조심스레 바라왔으면서도 실망할까 두려워 기대조차 억누르던 선물을 받았다. 출판사와(그것도 땅값 비싼 합정에 건물까지 있는 번듯한 출판사와!) 출간 계약을 맺은 것이다. 그러나 기억의 강렬함으로 따지면 계약의 순간은 그 6월에 일어난 일 중에서 두 번째로 임팩트 있는 사건이었다. 그로부터 약 2주 전에 일어났던 첫 번째 사건은 교보문고 본점 복도에서 나를 말 그대로 주저앉히고 말았다.

그날 내가 서점을 방문한 건 준비 중인 책의 시장조사 때문이었다. 잘나가는 책들의 표지와 제목을 관찰하고, 내 책은 어디쯤 놓일까 상상하며, 나는 에세이와 신간 도서들이 늘어선 서가 사이를 팔랑팔랑 돌아다녔다. 스마트폰으로 메일을 확인한 건 순전히 습관 때문이었다. 디지털 기기에 매여 사는 현대인의 길들여진 손과 눈은 특별한 의식도 없이 앱을 켜고 새로 도착한 메일들을 기계적으로 클릭했다.

정신을 차렸을 때, 나는 오른손에 휴대폰을 꼭 쥔 채 문학 서가와 화장실 사이의 널따란 통로에 주저앉아 있었다. 지나던 사람들의 힐끔거리는 시선이 느껴졌지만 다리에 힘이 들어가지 않았다. 그 순간 내 모든 에너지는 오직 화면에 뜬 글자들을 읽고 해석하는 데 집중되어 있었다. 메일을 쓴 이는 자신을 한 출판사의 편집자라고 소개했다. 이어진 문장에는 이런 내용이 담겨 있었다.

'서메리 선생님의 에세이를 저희가 출간하고 싶습니다.'

모르는 단어 하나 없는데도 이해가 되지 않았다. 선생님이라니? 출간이라니?

책을 내고 싶어서 글을 쓰고 있던 건 맞지만, 투고를 하기도 전에 먼저 연락이 올 줄은 꿈에도 몰랐다. 게다가 진짜 이상한 점은 따로 있었다. 나는 분명 에세이를 쓰고 있었지만, 그 원고는 오직 내 노트북에만 저장되어 있을 뿐 아무 데도 올리거나 공개한 적 없었다. 아니, 공개는커녕 혹시 망할지도 모른다는 불안에 가족에게도 얘기하지 않고 혼자서 조용히 작업하는 단계였다. 출판사에서 내 컴퓨터를 해킹한 게 아니라면, 대체 어떻게 이 비밀 프로젝트를 알아낸 거지?

메일을 빼곡히 채운, 글을 다루는 사람 특유의 정중하면서도 간결한 문장들을 몇 번이나 훑어보면서, 내가 발견할 수 있는 힌트는 오직 한 줄밖에 없었다.

'브런치를 보고 연락 드렸습니다.'

회사에서 사무직으로 일하던 무렵, 나의 큰 고민 중 하나는…

그로부터 몇 년이 흘러, 프리랜서로 생애 첫 출판계약을 하던 날

그날 나의 자신감을 찾아준 건

의외로 사무직 시절 배운 단순 업무였다.

넵! 바로 할게요.

간인에 계인까지 할까요?

*간인: 계약서 페이지 사이에 찍는 도장

*계인: 계약서 2부에 걸치도록 찍는 도장

지금 생각 해보면 별거 아니지만

그 순간엔 많은 것을 보상받는 기분이었지.ㅎㅎ

나도 할 줄 아는 게 있었어!

제로가
천이 되고
백만이 된
이야기

⌣

내가 맨 처음 이용한 콘텐츠 플랫폼은 네이버에서 운영하는 블로그였다. 번역 학원에 다니던 무렵이었는데, 조금이라도 자기 PR을 하는 쪽이 프리랜서로 일감을 따는 데 유리하다는 강사 분의 말을 듣고 시작했다. 굳이 네이버일 이유는 없었지만, 평소에 검색엔진으로 가장 많이 쓰던 사이트인 데다 마침 메일 계정도 하나 갖고 있었기에 별 생각 없이 그쪽을 택했다. 당장은 지망생 처지라 번역 일에 대해서는 딱히 할 말이 없었으므로 퇴사 후의 일상이나 직접 해 먹은 요리, 최근 본 책이나 영화의 리뷰 같은 내용을 엮어서 올렸다.

　대단한 확신을 갖고 시작한 건 아니었지만, 그래도 기왕 하는 거 좋은 반응이 조금쯤 욕심난 건 사실이었다. 하지만 나름대로 공을 들인 포스팅을 거의 매일 올리고, 주제를 바꿔가며 블로그를 세 개나 운영했음에도(네이버는 같은 개인정보로 계정을 세 개까지 만들 수 있다) 특별한 소득은 없었다. 포스팅이 메인 페이지에 소개된 적도 없고, 조회수가 눈에 띄게 올라간 적도 없다. 딱 한 번 영화 리뷰를 담은 어떤 포스팅에 '좋은 콘텐츠를 만들어주셔서 감사합니다. 이 페이지가 ○월 ○일 네이버 메인에 소개될 예정입니다'라는 댓글이 달렸지만, 결국 공지한 날짜가 지나도록 그 게시물은 메인에 올라가지 않았다. 운영자의 실수였는지, 마음이 바뀌었는지, 혹은 누군가의 장난이었는지 모르겠지만, 어쨌든 그 일은 기대감만 잔뜩 불어넣고 김이 빠진 해프닝으로 끝나버렸다. 그 세 개의 블로그는 끝내 '지금은 잠잠하지만 언젠가 도움이 될지도 모를' 벤치선수 같은 포지션을 벗어나지 못했다.

이렇게 이익은 없었지만 그렇다고 큰 비용이 들지도 않았기에 근근이 이어나가고 있던 콘텐츠를 갑자기 여러 플랫폼으로 범위를 확장시킨 것은, 결국 번역가로 자리 잡는 데 실패하면서 N잡에 뛰어든 시점과 자연스레 맞물린다. 한번 '뭐라도 찔러보자'라는 마인드가 장착되자, 딱히 독점 계약을 맺은 것도 아닌 블로그에 모든 것을 몰아줄 이유가 없다는 생각이 들었던 것이다. 마침 홍보가 필요한 사업도 시작했겠다, 어차피 밑져야 본전이니 같은 콘텐츠를 더 많은 곳에 뿌리면 안 뿌리는 것보다는 낫겠지 싶었다. 나는 우선 블로그와 마찬가지로 네이버에서 운영하는 소셜 플랫폼 '포스트'에 페이지를 개설했다. 비슷한 시기에 한창 주가를 올리던 인스타그램에도 계정을 몇 개나 만들고, 카카오에서 런칭한 글쓰기 플랫폼 '브런치'에도 가입했다.

그렇게 다양한 플랫폼에 씨를 뿌린 지 얼마쯤 지났을 때였다. 조회수와 구독자 수 통계를 확인하던 나는 한 가지 특징적인 현상을 발견했다. 솔직히 초반부터 어렴풋이 느끼고는 있었지만, 우연의 일치인가 싶어 함부로 결론 내리기를 망설이던 현상이었다. 하지만 통계가 쌓일수록 그래프가 만들어낸 패턴은 도저히 외면할 수 없는 하나의 팩트로 다가왔다. 각 플랫폼에 같은 성질의 콘텐츠를 올렸을 때 돌아오는 반응이 확연히 달랐던 것이다. 보다 직접적으로 얘기하자면, 네이버에서는 아무 반응도 못 얻던 콘텐츠가 인스타에서는 좀 더 나은 대접을 받고, 심지어 카카오에서는 꽤 인기를 끌고 있었다.

당연한 얘기지만, 네이버 블로그 운영진이 나를 미워하거나 카카오 브런치 운영진이 나를 예뻐해서 이런 일이 생겼을 리는 없다. 내가 그 기묘한 패턴을 두 눈으로 확인하고 나서야 깨달았듯이, 그것은 어디까지나 궁합의 문제였다. 세상에 근본적으로 좋은 사람이나 나쁜 사람은 없다고 한다. 다만 나와 맞는 사람과 맞지 않는 사람이 있을 뿐. 플랫폼과 콘텐츠의 관계 또한 마찬가지다. 어떤 플랫폼의 정체성은 서비스를 제공하는 회사의 철학과 그곳을 이용하는 구독자들의 성향이 복잡하게 얽혀서 만들어진다. 블로그 운영진과 인스타 운영진의 철학이 다르고, 포스트 이용자와 브런치 이용자의 성향이 다르다면, 각 플랫폼에서 살아남는 콘텐츠와 그렇지 못한 콘텐츠 또한 달라질 수밖에 없지 않을까?

상황을 받아들인 나는 그때부터 중구난방으로 올리던 콘텐츠의 방향성을 정비하기 시작했다. 지금까지 운영한 기간이 아깝더라도, 일단은 나와 맞지 않는 것으로 보이는 채널들을 일부 정리하기로 했다. 그 대신 공들인 만큼 반응이 오는 브런치에 집중했다. 인기글을 살펴보며 이용자들이 선호하는 주제와 스타일을 파악하고, 댓글로 달리는 의견을 반영하여 콘텐츠 내용과 스타일도 다듬어나갔다.

결과는 순차적으로 나타났다. 가장 먼저 눈에 띈 성과는 숫자로 표현되는 성장이었다. 조회수가 나오고, 구독자가 늘고, 메인 페이지에 내 글이 심심치 않게 걸렸다. 앞에서 잠깐 언급했던 엄마와의 여행기와 독립출판 경험담은 모두 브런치에 올린 콘텐츠였고, 연재한 지 얼마 되지 않아 누적 조회수 1천 회를 넘기며 그때까지의 내 기준으로 가장 큰 반응을 얻었다. 구독자 호응은 연쇄작용을 일으켰고, 어느 시점에는 그들을 잠재고객으로 생각하는 기업의 마음까지 움직였다. 눈치 빠른 독자들은 이미 짐작했겠지만, 이것이 바로 내가 '브런치를 보고 연락 드렸습니다'라는 출판사의 메일을 받게 된 배경이었다.

메일을 주고받으며 알게 된 사실이지만, 처음 그들의 눈에 띈 것은 엄마와의 여행을 그린 일러스트 에세이였다고 한다. 편집자는 내가 올린 짧은 콘텐츠에서 책으로 발전시킬 만한 소재를 발견했다며, 상의를 통해 처음부터 원고를 써보자고 제안했다. 하지만 브런치에 올린 여행기는 그때 내가 파고 있던 유일한 우물이 아니었다. 나는 이미 책을 쓰고 있었다고 회신하며, '퇴사 후 프리랜서 도전기'라는 설명과 함께 3분의 1가량 완성된 글을 보내주었다. 원고를 검토한 출판사에서는 출간을 수락했고, 조건을 조율하는 메일이 몇 번쯤 오간 끝에 그달 안으로 계약이 성사되었다.

몇 개월 뒤 완성된 원고는 브런치에 일부 공개되었다. 홍보 차원에서 출판사와 상의하여 내린 결정이었다. 다양한 플랫폼을 거친 끝에 마침내 궁합이 맞는 장소에 안착한 그 글의 누적 조회수는 내가 지금껏 올렸던 모든 콘텐츠의 조회수를 다 합친 것보다 높았다. 백만이라고, 화면에 찍힌 숫자는 말하고 있었다.

산다는 건 '자신과의 싸움'이어서

원하는 게 있어도 참고 눌러야 한다고 믿었다.

요즘의 나는 무조건 싸움을 벌이기보다

조율과 합의를 이끌어내려고 노력한다.

참는 나와 원하는 나,
둘 모두가 행복하길 바라므로.

반쯤은
우연이고

반쯤은
필연인

⌣

N잡의 N은 기본적으로 숫자를 뜻한다. '투잡'은 직업을 두 개 가졌다는 뜻이고, '쓰리잡'은 세 가지 서로 다른 분야에서 활동한다는 뜻이다. 하지만 N잡을 가진 사람들, 소위 'N잡러'들이 하는 일을 찬찬히 들여다보면 단순히 숫자로만 정의하기 어려운 다채롭고 복잡한 세계를 발견할 수 있다.

같은 수의 직업을 가졌다 해도 각각의 우물을 택한 이유와 그 추진력은 사람에 따라 천차만별이다. 어떤 이는 세 가지 서로 다른 취미에서 출발하여 처음부터 세 개의 우물을 파지만('나는 춤, 음악, 사진이 좋으니까 댄서 겸 작곡가 겸 사진작가가 될 거야!'), 어떤 이는 하나의 우물을 중심으로 서서히 가지를 쳐나간다('요가가 좋아서 요가 강사가 되었는데, 어느새 요가 책도 쓰고 요가복 디자인도 하게 되었네?').

파이프라인을 확장하는 방식 역시 개인의 성향에 따라 완전히 달라진다. 똑같이 '요리'라는 우물에서 출발했다 해도, 사업적 재능을 지닌 A가 식당을 운영하며 밀키트를 출시하는 사이 창의적인 B는 레시피를 개발하며 푸드스타일리스트로 활동하고, 소통에 강한 C는 요식업 컨설팅을 하며 학생들을 가르친다. 정해진 규칙에 얽매이지 않고 오롯이 내 기준에 맞춰 변주할 수 있다는 점이야말로 N잡의 가장 큰 매력이자 혜택이다.

나는 오랜 세월 취미이자 애정의 대상이었던 '책'을 중심으로 우물을 파고 파이프라인을 확장해온 케이스다. 글쓰기나 번역은 말할 것도 없고, 일러스트와 유튜브를 비롯한 다른 일들 또한 대부분 책과 관련된 소재로 이뤄진다. 방식 측면에서 보면 상당수가 콘텐츠를 만드는 일이라는 공통점도 있다. 초반에는 기술을 배우거나 사업을 시도하는 쪽으로 우물을 팠지만, 시간이 갈수록 내 강점과 성향이 콘텐츠 쪽에 맞는다는 결론을 내리고 조금씩 중심을 이동시켰다.

콘텐츠 N잡의 출발점은 SNS에 올린 글이었다. 수익을 창출하기 시작한 건 출간 계약을 하면서부터였다. 그리고 그 작은 결실이 일회성 이벤트에 그치지 않고 파이프라인을 통해 본격적으로 확장된 것은 엉겁결에 발을 담근 뜻밖의 우물 덕분이었다. 출판사와 계약을 맺은 직후, 유튜브를 시작했던 것이다.

하필 그 시점에 채널을 만든 가장 큰 이유는 시간이 남아서였다. 기대보다 훨씬 빨리 계약이 된 덕분에 나는 시간을 써야 했던 여러 일에서 벗어날 수 있었다. 원래는 일단 글을 다 쓴 뒤에 괜찮은 출판사들을 물색해서 원고를 돌릴 계획이었다. 이 과정만 해도 상당한 기간이 필요할 텐데, 만약 플랜 B로 넘어가 직접 출간이라도 하게 된다면 책 편집부터 제작과 판매에 이르기까지 모든 일을 내 손으로 처리해야 했다. 그런데 매출을 공유하는 조건으로 전문가에게 그런 부분들을 맡기고 나니 원고 작업을 제외한 일정이 텅 비어버렸다.

갑자기 주어진 그 커다란 공백은 이즈음 습관으로 정착해버린 나의 '놀면 뭐 하니' 본능을 건드렸다. 찔러볼 만한 우물을 넓게 탐지하던 그때의 내 레이더에 하필 유튜브가 걸려든 것은, 그 전후에 했던 많은 선택들과 마찬가지로 절반쯤은 우연이고 나머지 절반쯤은 필연인 결과였다.

우연에 해당하는 측면들을 모아보자면 이렇다. 나는 그때 시간이 남았고, 마침 얼마 후면 책도 나올 예정이고, 기왕이면 홍보에 도움이 되고 싶었다. 그래서 플랫폼 중에서도 가장 홍보 효과가 크다는 유튜브를 덜컥 시작했다.

하지만 이 '덜컥'의 뒤에는 언제부터인지도 모를 만큼 오래도록 담고 있던 고민과 망설임이 있었다. 블로그를 시작으로 이런

저런 플랫폼에 기웃거리던 동안, 나는 당연히 유튜브의 존재를 의식하고 있었다. 전 세계 20억 명이 이용한다는 그 대단한 이름을 어떻게 외면하겠는가? 하지만 막상 이용자가 아닌 제작자로서 채널을 만들기엔 우리 사이에 놓인 벽이 너무 높았다. 나는 기계가 어렵고, 촬영이 두렵고, 성격이 내향적이었다. 스마트폰 기능도 거의 몰라서 '효도폰으로 바꿔야 하나…' 같은 고민을 진지하게 하고, 영상은커녕 사진도 어색해서 카메라만 보면 도망가기 바쁘고, 사람과 부대끼는 게 힘들어 회사까지 그만둔 사람이 바로 나였다. 그런 내가 본인이 나오는 동영상을 찍고 컴퓨터로 편집해서 불특정 다수와 소통한다니, 이게 어디 말이나 되는 소리인가?

하지만 콘텐츠 제작을 경험하면 할수록, 내 안에서는 두려움을 핑계로 건드리지 못했던 우물에 대한 미련이 점점 커졌다. 일단 영상이라는 매체가 가진 장점이 탐났다. 나는 작가로서도 독자로서도 글과 그림을 사랑했지만, 그럼에도 어떤 소재는 영상으로 담아냈을 때 전달력이 극대화된다는 사실을 인정해야 했다. 가령 내가 책을 번역하는 과정을 글로 설명하려면 많은 페이지가 필요하겠지만, 동영상을 찍어서 보여주면 누구에게나 훨씬 직관적이고 빠르게 이해될 터였다.

경제적인 동기도 물론 있었다. 출판사든 기획사든 별도의 판매 루트를 찾아야 유의미한 수입이 생기는 다른 플랫폼과 달리,

유튜브는 영상에 광고를 붙임으로써 직접 수입을 얻을 수 있는 구조였다. 직업 개수를 떠나 먹고사니즘이 1차 목표인 생계형 노동자로서, 내 콘텐츠를 수익화할 수 있다는 가능성은 결코 거부하기 어려운 보상이었다.

필연적으로 쌓여가는 미련은 '할까?'와 '말까?'로 이루어진 양팔저울의 중심을 조금씩 왼쪽으로 이동시켰고, 우연이라는 이름의 작은 구슬들이 최후의 무게를 더했을 때 비로소 '할까?' 쪽으로 완전히 기울어졌다.

나는 그렇게 유튜브라는 이상한 나라로 뛰어들었다. 그리고 그곳에서 상상했던 것과 전혀 다른 세계를 만났다. 나는 유튜버로서 흔히 알려진 수익을 많이 얻지는 못했다. 하지만 거의 알려지지 않은 수익은 꽤 많이 얻었다. 시작 단계에서 진입장벽이 되었던 내 특성은 사실 지금까지도 바뀌지 않았다. 나는 여전히 기계가 어렵고, 촬영이 낯설고, 내향적이다. 하지만 막상 시작해보니, 그중 일부는 사실 단점이 아니라 장점이었다.

플랫폼별 콘텐츠 궁합

📷 인스타그램

한 장으로 시선을 붙잡는 시각적 이미지

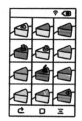

계정에 올리는 사진들의 통일성

N 블로그 / 포스트

정보성 콘텐츠가 가장 환영받는 플랫폼

간결한 글과
구체적인 이미지의
조화

🅑 브런치

스토리텔링과
읽는 맛이 중요

긴 글을 선호하는 사람에게 추천

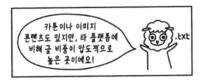

▶ 유튜브

큰 규모만큼 다양성이
환영받는 플랫폼

연령/취향 기준으로 특정한 시청층을 노리는 것도
좋은 전략이 될 수 있음

유튜브를
글로
배웠어요

ᵕ

미국의 전 국방부 장관인 도널드 럼스펠드가 남긴 유명한 말이 있다.

"세상에는 아는 무지Known unknown와 모르는 무지Unknown unknown 가 있습니다."

아는 무지란 내가 모르지만 최소한 뭘 모르는지는 아는 상태를 말한다. 예를 들어, 나는 축구라는 스포츠에 대해 대강은 알지만 구체적인 룰에 대해서는 잘 모른다. 코너킥과 프리킥이 뭐가 다른지, 왜 어떤 때는 골이 들어갔는데도 오프사이드(?)라며 인정을 해주지 않는지 봐도 봐도 모르겠다. 검색을 하거나 축구 팬인 지인에게 물어보면 배울 수도 있겠지만, 딱히 흥미가 없어서 지금까지 모른 채 살고 있다. 그런 의미에서 축구의 룰은 내게 '아는 무지'의 영역이다.

반면 모르는 무지는 내가 모르는데 뭘 모르는지조차 모르는 상태를 뜻한다. 내게는 유튜브의 세계가 그랬다. 유튜브를 시작하고 싶은데 아는 건 없고, 내가 뭘 알아야 하는지도 모르기 때문에 키워드를 몰라 검색조차 할 수 없었다. 인문계 고등학교와 인문계 대학교를 거쳐 사무직으로 일했던 내게 영상 일을 경험해본 인맥이 있을 리도 없었다. 심지어 나는 (이제 와 고백하자면) 텍스트형 인간이라 평소에 유튜브를 잘 보지도 않았다. 유튜브를 해보기로 마음먹고 처음 유튜브 앱을 다운받았을 정도라면 충분한 설명이 되지 않을까.

그런 의미에서, 유튜버로서의 여정은 지금까지 내가 팠던 모든 우물 중에서 가장 제로베이스 상태로 시작되었다. 무지한 내 머리로 떠올릴 수 있었던 유일한 방법은, 일단 내가 새로운 일을 시작할 때 가장 먼저 밟는 과정을 그대로 따라가는 것이었다. 나는 서점에 가서 유튜브 하는 법을 알려준다는 책을 잔뜩 사들인 뒤 코를 박고 읽기 시작했다.

물론 책을 읽었다고 단박에 유튜버가 될 수는 없었다. 하지만 최소한 내가 뭘 모르고 있는지는 알 수 있었다. 그 책들 덕분에 나는 '모르는 무지'를 '아는 무지'의 단계까지 끌어올렸고, 다음과 같이 추가적인 공부를 거쳐 본격적인 준비를 시작할 수 있었다.

1. (책을 읽는다.) 콘텐츠 올리는 페이지를 '채널'이라고 부르는 구나! → (모르는 무지를 인지한다.) 채널은 어떻게 만드는 거지? → (아는 무지를 확인한다.) 인터넷에서 채널 만드는 법을 검색해보자!

2. (책을 읽는다.) 광고 수익을 얻으려면 '애드센스'라는 게 필요하구나. → (모르는 무지를 인지한다.) 그런데 애드센스가 뭐지? → (아는 무지를 확인한다.) → 애드센스가 뭔지 좀 더 확인해보자!

3. (책을 읽는다.) 영상을 만들려면 편집 프로그램이 필요하구나. → (모르는 무지를 인지한다.) 그런데 편집 프로그램은 어떻게 다루지? → (아는 무지를 확인한다.) 프로그램을 가르쳐주는 책이나 수업을 찾아보자!

유튜브라는 게 무엇이며 어떻게 하는 건지 대강 감을 잡은 후에는 필요한 장비들을 마련했다. 예산이 한정되어 있는 데다가 이 도전이 꼭 잘되리라는 보장도 없으니, 일단 처음에는 최소한의 비용만 쓰면서 나중에 꼭 필요한 기기들을 하나씩 추가한다는 전략을 세웠다.

나는 과감히 카메라 구입을 포기했다. DSLR이니 미러리스니 하는 고급 카메라들은 비싸기도 하거니와 조작법이 너무 복잡해서 기계치인 내가 도저히 배울 수 있을 것 같지 않았다. 영상을 휴대폰으로 찍기로 마음먹으면서 삼각대나 마이크를 비롯한 보조장비의 예산도 덩달아 내려갔다(이런 물건들도 DSLR용보다 휴대폰용 제품이 훨씬 저렴하다). 그 외에도 틈날 때마다 무료로 구할 수 있는 편집 프로그램을 찾아보고, 무료 배경음악과 자막 폰트를 다운받고, 다른 채널들을 보며 구도나 편집 타이밍을 연구했다.

처음 유튜브를 시작하기로 결심한 이유를 기억하며, 콘텐츠의 주제는 나라는 사람의 삶을 진솔하게 보여주는 방향으로 정했다. 글만으로는 담아내기 힘든 이야기를 영상으로 전달하면서, 궁극적으로는 내가 만드는 다른 콘텐츠와의 선순환도 끌어내고 싶었다.

2018년 12월 21일, 〈책을 쓰고 책을 옮기는 프리랜서입니다〉라는 제목의 첫 영상이 서메리^MerrySeo 채널에 업로드되었다. 그날을 시작으로 프리랜서로 살아가는 일상이나 책에 대한 이야기, 영어와 번역 공부법을 비롯하여 내 안에 생각으로만 존재하던 아이디어를 눈에 보이는 영상으로 옮겨나갔다. 기술적으로는 어설프지만 정성 들여 준비한 영상 콘텐츠가 하나씩 쌓이면서, 유튜브라는 내 N번째 우물에서는 조금씩 파이프라인이 뻗어 나오기 시작했다.

수입, 홍보, 시너지, 퍼스널 브랜딩… 모두 내가 유튜브를 통해 얻거나 더 수월하게 손에 넣은 것들이다. 이 이야기는 앞으로 차차 풀어내겠지만, 일단 바로 이어질 글에서는 그중에서도 가장 의외였던 선물을 소개하려 한다. 내 성향과 정반대에 있다고 생각했던, 그래서 시작조차 한참을 망설였던 이 우물을 파면서, 나는 아이러니하게도 그 어떤 일을 할 때보다 더 나다운 나를 찾게 되었다.

유튜브를 처음 시작했을 때 이후로
지금까지 새로 구입한 장비는…

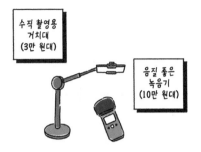

수직 촬영용
거치대
(3만 원대)

음질 좋은
녹음기
(10만 원대)

이외에 대부분은 처음 세팅을 유지하고 있다.

촬영은 여전히
스마트폰으로

2만 원대
핀마이크

물론 있으면 편하겠다 싶은 물건은 많지만

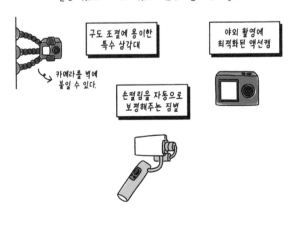

카메라를 벽에
붙일 수 있다.

구도 조절에 용이한
특수 삼각대

야외 촬영에
최적화된 액션캠

손떨림을 자동으로
보정해주는 짐벌

갖고 있는 것을 응용해서
어떻게든 해나가는 재미도 쏠쏠하다.

카메라 높이는 주로
책을 쌓아서 조절 ㅋㅋ

투자를 많이 해서
화려한 영상을
뽑아내는 것도
좋겠지만

부담 없이
소소한 콘텐츠를
만드는 즐거움도
큰 것 같아

님,

혹시
로봇이세요?

⌣

초반에 올린 영상 속 나를 보면 시선부터 표정, 손짓, 말투에 이르기까지 무엇 하나 어색하지 않은 것이 없다. 나름대로 공부도 하고, 연습도 하고, 혼자서 카메라 테스트까지 하며 만들어낸 결과물이지만 렌즈에 담긴 내 모습은 아무리 좋게 봐줘도 서투르기 짝이 없다. 결점을 찾아내려면 한도 없을 지경이지만, 그중에서도 발음은 정말 어색한 수준을 넘어 이상하기까지 하다. 그나마 소리를 끄면 숫기 없는 일반인 느낌으로 봐줄 수 있어도, 음성이 얹힌 순간 인간인지 로봇인지 헷갈릴 정도로 위화감이 커진다. 이것은 겸손도 아니고 자학도 아니며 실제로 많은 이들에게 들었던 객관적인 피드백이다. 초창기 몇 달간 올린 영상에는 콘텐츠 내용보다 발음을 지적하는 댓글이 훨씬 많이 달렸고, 내 평소 말투를 아는 지인들은 일부러 웃기는 콘셉트를 잡고 연기하는 거냐고 물어오기도 했다.

만약 이런 대사를 한다고 치자. "안녕하세요? 오늘은 강렬한 내용의 추리소설을 준비했어요." 모든 글자를 정확히 표기해야 하는 글쓰기와 달리, 입으로 말할 때는 같은 문장이라도 일부 소리가 합쳐지거나 약해진다. 그런 맥락에서, 이 대사를 자연스럽게 전달하려면 대강 아래와 같이 부드럽게 발음해야 한다.

"안녕아세여? 오느른 강려란 내용에 추리소서를 준비애써여."

하지만 화면으로 박제된 내 입에서는 정확히 분절된 글자들이 기계적으로 흘러나온다.

"안.녕.하.세.요. 오.늘.은. 강.렬.한. 내.용.의. 추.리.소.설.을. 준.비.했.어.요."

인공지능 ARS처럼 뚝뚝 끊기는 음성에 어떤 이는 웃고, 어떤 이는 놀라고, 어떤 이는 신랄한 비판을 남겼다. 다시 말하지만, 이것은 나의 미숙함이 빚어낸 수많은 시행착오 중 하나였다. 하지만 여기에는 사람들이 잘 모르는 반전이 있다. 로봇 뺨을 치던 나의 딱딱한 발음은 단순히 떨려서 저지른 실수가 아니었다. 정도가 지나쳐서 문제였지, 나는 첫 영상을 찍을 때 의식적으로 모든 글자를 정확히 발음하려고 노력했다. 이 엇나간 노력의 바탕에는 단순하면서도 진지한 의지가 깔려 있었다. '대사를 제대

로 전달해야 해!'

유튜브를 준비하며 찾아본 여러 책과 강의는 공통적으로 한 가지 포인트를 강조했다. 바로 전달력의 중요성이다. 아무리 의미 있는 기획을 해도 시청자에게 전달이 안 되면 소용이 없을 테니, 충분히 납득이 되는 이야기였다. 하지만 전달력을 끌어올리기 위해 모든 멘트를 자막으로 처리하라는 조언은 선뜻 실행하기가 어려웠다. 유튜브는 내 유일한 우물이 아니었고, 올인하기에는 리스크가 너무 컸다. 다양한 직업을 갖고 한정된 시간 안에 영상을 만들어야 했던 내게 모든 문장을 일일이 듣고 타이핑한다는 것은 도저히 가능한 미션이 아니었다.

나는 고민 끝에 결단을 내렸다. 장비를 마련할 때 카메라를 포기했듯이, 편집을 진행하며 전체 자막을 생략하기로 마음먹은 것이다. 그 대신 자막 없이도 주제가 잘 전달되도록 발음과 입 모양을 정확히 표현하는 데 온 신경을 집중했다. '서 로봇'이라는 별명을 만들어낸 내 웃기는 말투는 지나친 고민과 노력이 가져온 웃지 못할 결과였다.

세상에서 가장 어려운 일이 '나 자신을 아는' 일이라 했던가. 첫 영상을 올리기 전까지 나는 그 말투가 그렇게 요상한지 몰랐다. 솔직히 처음에는 발음을 둘러싼 사람들의 반응에 당황하고 스트레스도 받았다. 하지만 그런 지적을 받았다고 그만두기에 유튜브는 너무 어렵게 시작한 우물이었다. '어쨌든 홍보할

책이 나오기 전까지는 한번 가보자.' 창피한 마음을 누르고 문제점을 고치려고 노력하며, 나는 서툰 영상 만들기를 또닥또닥 이어갔다.

그렇게 올린 콘텐츠가 몇 개쯤 쌓였을까, 어느 순간부터 발음과 관련된 댓글들 사이에서 약간씩 긍정적인 반응이 눈에 띄기 시작했다.

'좀 어색한데, 어쨌든 발음이 정확하긴 하네요.'

'전 괜찮은데요? 2배속으로 돌려도 내용이 다 들려서 좋아요.'

나는 어설펐다. 지금도 어설프지만 그때는 몇 배로 어설펐다. 명쾌하고 편안하며 재미있고 유익한, 내가 추구하는 이상적인 콘텐츠에는 아무리 노력해도 닿을 수 없을 것 같았다. 하지만 열심히 준비한 내용을 정확히 전달한다는, 그 최소한의 목표 하나에는 조금씩 가까워졌다. 그사이 다소 부족하지만 진지하게 고군분투하는 내 진심을 알아주고, 성장하는 모습을 흐뭇하게 지켜봐주는 구독자들이 하나둘 생기기 시작했다.

로봇 발음 사건은 하나의 일화에 불과하다. 이미지를 거꾸로 넣거나, 화면과 음성이 어긋나거나, 카메라가 꺼지는 등의 소소한 사건 사고는 그 뒤로도 끊이지 않았으며, 사실 지금까지도 잊을 만하면 한 번씩 찾아와 나를 당혹의 늪에 빠뜨린다.

얼마 전 유튜브 라이브로 북클럽을 진행하다가 마이크를 끈 채 한참 동안 떠들고 있었다는 사실을 깨달았다. 그 순간 충격에 빠져 확장된 내 눈 코 입이 실시간으로 송출되었다. 현장(?)에 접속해 있던 100여 명의 구독자들은 일제히 유쾌한 댓글을 달았다.

"ㅋㅋㅋㅋㅋㅋㅋㅋ 오늘 간만에 '메리둥절' 모먼트 나왔네요."

결과만큼 과정을 봐주고 실수에서도 즐거움을 찾아내는 세상이 존재하리라고, 나는 그때까지 생각하지 못했다. 이런 경험을 선사해준 이들에게 보답하기 위해 더 좋은 콘텐츠를 만들고 싶다는 마음. 어쩌면 이 각박한 현실에서 찾아보기 힘든, 선의에서 선의로 이어지는 이 의식의 흐름이야말로 나의 새로운 우물이 가져다준 최고의 선물일지 모른다.

내가 경험한 노력에 대한 평가는
어쩐지 늘 감점 식이었다.

그 속에서 언젠가부터
이렇게 생각하게 되었다.

그런데 N잡을 시작하면서,
특히 유튜브를 시작하면서 변화가 생겼다.

틀린 부분보다 잘한 부분을 봐주는 가점 식 세상의 존재를,
나는 여기서 처음 만났다.

콤플렉스도
스펙이 되는
신비로움

⌣

오하라 헨리의 《가급적 일하고 싶지 않은 사람들의 돈 이야기》
에는 남다른 경제관을 지닌 저자의 삶이 등장한다. 일본 시골에
서 자란 그는 고등학교를 졸업하자마자 '재미있을 것 같아서'라
는 이유만으로 도쿄행을 택하고, 역시 '하고 싶지 않아서'라는
이유만으로 진학과 취업을 거부한 채 아르바이트로 생계를 이
어간다. 처음에는 물정을 몰라서 비싼 월셋방을 덜컥 계약하거
나 수입과 지출의 균형을 맞추지 못해 애를 먹지만, 몇 년에 걸
쳐 자신을 돌아보며 생활을 조정한 끝에 적은 돈으로 의식주를
해결하고 행복하게 살아가는 방법을 터득한다. '진학과 취업을
못 하면 살기 힘들다'는 말이 맞는지 확인하기 위해, 아무것도

당연하게 여기지 않고 직접 뛰어든 경험이 지금의 자신을 만들었다고 그는 담담하게 말한다.

나는 책 속에 등장하는 저자와 성격이 근본적으로 다르다. 겁이 많고, 소심하고, 매사에 치밀한 계획을 세우지 않으면 절대 움직이지 못하는 스타일이다. 삶의 터전을 옮기거나 집을 계약하는 큰 문제 앞에서 고민 없이 덜컥 결정을 내리는 대범함은 아마도 평생 갖추지 못할 것이다. 하지만 놀랍다 못해 신기하게까지 느껴지는 그의 이야기 중 최소한 한 가지에는 깊은 공감을 보낼 수 있다. 잘되든 안 되든, 내가 직접 뛰어든 경험이 나를 만든다. 이 말은 진짜다.

유튜브 도전이 2개월 차에 접어들었을 때, 처음으로 '터지는' 콘텐츠가 나왔다. 터진다는 건 유튜버들이 흔히 쓰는 표현으로, 쉽게 말해 영상의 반응이 좋고 조회수가 잘 나왔다는 뜻이다. 대부분의 콘텐츠가 그렇겠지만, 유튜브 채널의 성장은 보통 경사보다 계단에 가까운 모양으로 이뤄진다. 영상을 올릴 때마다 일정하게 성장하는 것이 아니라, 몇 개를 올려도 반응이 없다가 어느 하나가 터지는 시점에 구독자 수가 수직 상승하는 식이다. 나 역시 마찬가지였다. 초반에 만든 콘텐츠에는 일관되게 별 반응이 없다가, 영어 공부법을 소개한 영상 하나가 터지면서 100명도 안 되던 구독자가 하루아침에 만 명까지 확 늘었다.

그 콘텐츠에는 두 가지 차별화 포인트가 있었다. 첫 번째는 현직 번역가가 소개하는 공부법이라는 것, 두 번째는 그 번역가가 국내파 출신이라는 것이었다. 나는 해외에서 살거나 유학해 본 적이 없고, 요즘은 흔히 가는 워킹홀리데이나 교환학생 경험조차 없다. 사실 이런 조건은 번역가를 준비하는 내내 나의 심한 콤플렉스였다. 해외에서 영어 실력을 쌓고, 그곳에서 생활했던 경험 자체를 스펙으로 내세우는 동료 지망생들이 얼마나 부러웠는지 모른다. N우물이라는 우회로를 통해 어찌어찌 번역서를 낸 후에도 '만약 내게 그런 스펙이 있었다면?'이라는 미련만큼은 쉽게 사라지지 않았다.

'운 좋은 누군가가 가졌던 그런 기회가 내게도 있었다면 괜한 발버둥 없이 처음부터 순조롭게 출발할 수 있지 않았을까?'

마치 녹지 않는 앙금처럼, 우물을 판 뒤에도 꽤 오래도록 남아 있던 마음속 응어리가 비로소 해소된 것은 콘텐츠라는 배출구를 통해 그것을 내보면서부터였다. 나는 언제나 부족한 스펙을 다른 노력으로 덮으려 애쓰며 살아왔다. 하지만 그 영상을 만들 때는 가장 큰 콤플렉스를 오히려 전면에 내세웠다. 나는 내가 가진 모든 특징 중에 '100퍼센트 국내파'라는 포인트를 가장 강조했고, 이 선택은 시청자의 반응과 채널의 성장이라는 결과로 돌아왔다. 그때부터 내가 겪었던 모든 우여곡절은 시간 '낭비'가 아니라 시간을 들여 얻은 '소재'가 되었다.

물론 내가 지닌 소재가 모든 시청자에게 매력을 어필하지는 못할 것이다. 아무리 진정성 있는 이야기를 준비해도, 어떤 이들은 끝내 원어민의 강의를 원하거나 유학파의 길을 따르고 싶어 할 테니까. 하지만 세상에는 (과거의 나처럼) 국내파라는 조건 속에서 어학 공부에 도전하는 사람들이 분명히 있을 것이다. 그런 이들에게 경험을 바탕으로 정보와 조언을 제공할 수 있다는 것. 그것은 나름대로 나만이 갖고 있는 스펙이자 자원이었다.

이러한 깨달음은 유튜브와 동시에 파고 있던 또 하나의 중요한 우물에 영향을 미쳤다. 첫 영상을 올린 날로부터 꼭 4개월 만에 출간된 내 에세이에는 《회사 체질이 아니라서요》라는 제목과 함께 이런 카피가 달렸다. '기술 하나 없는 사무직 출신의 프리랜서 도전기'.

책이 나오던 시점에 내 채널 구독자는 1만 명을 넘어섰고, 출간 소식에 궁금증을 표하는 사람들도 꽤 있었다. 그런 반응을 염두에 두었는지, 출판사 측에서는 내 책으로 선공개 이벤트를 연다는 이례적인 전략을 세웠다. 실제 책이 나오기도 전에 인터넷에 작가와 제목만 공개하고 선주문을 받기 시작한 것이다. 물론 이벤트에 참여한 독자들에게는 감사의 표시로 별도의 사은품을 제공했다. 하지만 내가 글쓰기와 별개로 다른 우물들을 파고 있지 않았다면, 그 우물들을 통해 내가 살아온 이야기를 가감 없이 공유하지 않았다면, 과연 작가로서 완전히 신인인 내 에세이를 미리 구입해주는 독자가 (엄마 아빠를 제외하고) 한 명이라도 있었을까?

얼핏 보기엔 전혀 다른 속성을 띠고 있지만, 사실 내 책과 유튜브, 그리고 다른 모든 콘텐츠는 본질적으로 같은 메시지를 담고 있었다. 그것은 바로 나답게 살 자격을 타고나지 못한 사람이 나다운 삶을 찾아가는 여정이었다. 마음대로 살 만큼 특별하지도 못하고, 그렇다고 평범하게 살 만큼 무난하지도 못했던 내가 이 뾰족한 세상에서 어떻게든 자리를 찾기 위해 고군분투하는 이야기. 에세이 출간을 기점으로 사방에 흩어져 있던 우물들이 본격적으로 선순환을 시작한 것은, 분명 단단하게 구심점을 잡아준 그 이야기의 힘 덕분이었을 것이다.

처음 유튜브에 도전할까 말까 고민할 때
했던 큰 걱정 가운데 하나는…

하지만 지금까지도 내 콘텐츠에는
도를 넘은 악플이 거의 달리지 않는다.

유튜브라는 플랫폼의 가장 큰 성공 비결은
무서울 만큼 정확한 검색 알고리즘이라는데

만약 그렇다면, 내 채널에
유독 선한 사람들이 모여드는 건

애초에 그런 성향의 사람들에게만
추천되는 알고리즘의 신비일까?

추천 영상:
서메리 북튜브

한번 볼까?
즐겁게 책 이야기
나누는 채널이면
좋겠다. :)

N개의
우물을
파는
N잡러

㸋

출판사는 유튜브에 뛰어들겠다는 내 결심을 격하게 반겼다. 유튜버를 섭외해서 책을 낸 케이스는 있어도, 글을 보고 섭외한 작가가 스스로 유튜버가 되어 책을 홍보한 케이스는 듣지도 보지도 못했다고 했다. 감사하게도 영상 몇 개가 좋은 반응을 얻으면서, 계약 당시에는 존재하지도 않았던 내 채널이 출간 시점에는 회사 공식 계정보다 더 많은 구독자를 보유하게 되었다. 그사이 계속 활동하던 브런치와 인스타그램 팔로어도 꾸준히 늘어났고, 이 모든 플랫폼은 새로 나온 책을 알리는 주요한 통로가 되었다.

출판사는 내 열성에 적극적인 마케팅으로 보답했다. 출간과 동시에 홍보 자료를 뿌리고, 온라인 서점 페이지에 광고를 걸어 주었다. 굿즈 출시나 선공개 이벤트 같은 행사도 나 혼자만의 힘으로는 언감생심 실행하기 어려웠을 기획이다. 하지만 N우물을 파는 저자가 마케팅에 진심인 출판사와 만나서 얻은 진짜 시너지는 따로 있었다.

처음 북토크를 해보면 어떻겠냐는 제안을 받았을 때, 나는 선뜻 긍정적인 대답을 하지 못했다. 직접 사람들 앞에 나서서 이야기를 해본 경험이 전혀 없었기 때문이다. 법률사무소에 다니던 시절에는 법정에 서는 변호사들을 뒤에서 보조하는 역할이었고, 콘텐츠 프리랜서가 된 뒤에도 늘 방구석에서 혼자 뭔가를 만들었을 뿐 사람들 앞에 나설 일은 없었다. 하지만 "조금이라도 불편하면 그냥 거절하셔도 돼요!"라는, 나보다 몇 살 어린 담당자의 해맑은 부탁을 외면하지 못한 건 단순히 미안하다는 이유 때문만은 아니었다.

나는 북토크라는 것을 해보고 싶었다. 내 책을 봐주는 사람들이 어떤 모습일지 궁금했고, 그들과 직접 대화를 나누며 생각을 공유하고 싶었다. 만약 회사를 그만두던 무렵에 누가 이런 일을 제안했다면 나는 즉시 뒤로 돌아 지구 반대편까지 도망쳤을 것이다. 하지만 어느덧 내 발밑에는 단계적으로 밟아온 경험이 자리 잡고 있었다. 글을 쓰고 그림을 그리고 영상을 찍으며 콘텐츠를 쌓아가는 동안, 독자들과 나 사이의 거리는 어느새 종이한 장(혹은 렌즈 한 겹) 차이로 좁혀져 있었다. 여전히 높지만 많이 얇아진 그 장벽을 깨고 직접 소통이라는 도전을 할 것인가? 아니면 지금처럼 자기만의 방을 지키며 간접적인 수단으로 이야기를 전할 것인가? 물론 정답은 없는 질문이었다. 어쨌든 그때의 나는 망치를 드는 편을 택했고, 그 선택은 이어질 미래를 완전히 바꿔놓았다.

첫 북토크는 상수동에 위치한 한 독립서점에서 진행됐다. TV에 자주 나오는 유명 아나운서 부부가 운영하는 곳이었다. 서점 주인으로서 행사 내내 자리를 지켰던 그들의 실물은 화면으로 보던 것보다 훨씬 멋졌다. 지금 생각해보면, 태어나서 처음 강단에 서는 떨리는 경험을 하면서 그나마 정신을 붙잡고 있을 수 있던 것은 팔 할이 그 두 사람 덕분이었다. 나보다 천 배쯤 유명한 '셀럽'들이 같은 공간에서 관심을 끌어준 덕분에, 내 입장에서는 주인공이라는 부담감을 내려놓고 긴장을 누그러뜨릴 수 있었다.

하지만 참가자들의 시선이 온전히 내게 쏠렸던 두 번째 북토크에서는 그런 행운을 기대할 수 없었다. 내 책을 들고 진지한 눈빛으로 나를 바라보는 수십 쌍의 눈동자 앞에서, 내 무릎과 음성은 떨림을 넘어서 트위스트 수준으로 요동치고 말았다. 결국 그날 나는 미리 준비한 할 말을 잊어버려서 1분 넘게 침묵하는 대형 사고를 쳤다. "정말 죄송해요. 그런데 제가 너무 떨려서…"라는 부끄러운 멘트를 날리고 그대로 얼어버린 내게 상냥한 청중들은 한목소리로 삼박자 구호를 외쳤다. "괜찮아! 괜찮아!" 그야말로 학예회 무대에 선 유치원생과 응원을 보내는 학부형의 모양새였다. 뒤쪽에 서 있던 출판사 담당자는 '지난번엔 곧잘 하더니 오늘은 왜 그래요?'라는 당혹스러운 시선을 쏘아보냈다.

하지만 역시 경험은 최고의 스승이었다. 이토록 끼와 담력이 부족한 나지만, 그래도 횟수가 늘어날수록 사람들 앞에 서는 일이 조금씩 덜 두렵게 느껴졌다. 북토크가 어느 정도 안정감을 찾았을 때는 그 내용을 카메라로 찍고 편집해서 유튜브에 업로드했다. 그 영상에는 유튜브 구독자뿐 아니라 다양한 사람들의 댓글이 달렸다. 스크롤을 내리면 그날 현장이 있었다는 청중과 이 영상을 보고 책을 구입했다는 시청자, 반대로 책을 보고 채널을 찾았다는 반응이 연달아 보였다. 하나의 공간에 모인 그 각양각색의 반응을 보며, 나는 지금껏 만들어온 콘텐츠가 마침내 서로를 끌어주는 하나의 흐름으로 연결되었다는 확신을 느낄 수 있었다.

책은 선주문부터 순조롭게 나갔고, 정식 출간과 동시에 2쇄, 3쇄를 연달아 찍었다. 유튜브를 비롯한 콘텐츠 플랫폼에도 구독자가 꾸준히 모였다. 북토크 영상을 보고 첫 강연 요청이 들어왔고, 브런치를 통해 출간과 기고 제안이 이어졌다.

한번 물꼬가 트이자, 각 우물에서 나온 파이프라인은 예상을 뛰어넘는 속도로 계산하지 못했던 곳까지 뻗어 나갔다. 번역이나 일러스트처럼 기존에 하던 일들이 탄력을 받은 것은 물론이고, 오디오북 성우나 온라인 클래스 강사, 각종 독서 관련 행사의 심사위원까지 내 인생에 찾아오리라고 생각도 못 했던 기회가 생겨났다. 나는 보물 상자를 하나씩 열어가는 게임 캐릭터처럼 새로운 일상에 정신없이 적응해갔다. 어느 하나 신기하지 않은 것이 없었지만, 그중에서도 가장 뜻밖이었던 순간을 고르라면 'N잡러'라는 호칭을 처음 들었던 때를 꼽고 싶다.

직업의 종류에 관계없이 그저 다양한 일을 한다는 사실 자체가 하나의 정체성이자 아이템이 되고, 심지어 수입의 기반이 되다니. N개의 우물을 그렇게 열심히 파면서도, 나는 스스로 N잡러가 되리라 상상하지 못했던 것이다.

내 우물 중에서 시작 단계가 멋지거나
멀쩡했던(?) 것은 하나도 없다.

화려하지도 순탄하지도 못했던 그 출발에

소소한 감사를 느끼는 순간이 있다면

그건 주변 사람들에게 이런 이야기를 들을 때

3장

나만의 속도를 찾아가는 중입니다

직업이
몇 개냐고
물으신다면

⌣

직업을 직업으로 만들어주는 기준은 무엇일까?

한 사람이 하나의 우물만 파는 것이 당연하던 시대에는 이 질문에 대한 답이 비교적 명확했다. 어떤 사람이 가장 많은 시간과 집중력을 쏟는 일이 그의 직업이었으니까. 회사에서 일과의 대부분을 보내는 사람은 회사원이고 가사에 가장 많은 힘을 쏟는 사람은 주부였다. 하루에 여덟 시간씩 도자기를 구우면 도예가이고 일주일에 닷새 동안 학생을 가르치면 교사였다.

그 외에 모든 활동은 '취미'라는 영역으로 뭉뚱그려졌다. 김대리가 퇴근 후에 하는 꽃꽂이나 수지 엄마가 아이를 재우고 하는 블로그는 직업이 아닌 취미였다. 어쩌다 그런 일이 발전하여 수입을 가져다준다 해도, 기껏해야 부업이라는 애매한 이름표가 붙을 뿐 본업과 동등한 직업으로는 인정받지 못했다. 부업과 직업은 엄연히 달랐다. 부업이란 직업에 영향을 미치지 않을 만큼만 집중하고, 본업과의 충돌이 일어나면 우선적으로 그만두어야 하며, 만약 그렇지 않을 경우 주객이 전도되었다며 욕을 먹어도 할 말이 없는 활동이었다.

하지만 이렇게 통계청만 편한 기준은 더 이상 통하지 않는다. 직업의 개수와 영역의 경계가 무너지는 현상은 이제 업계를 가리지 않고 일어나는 트렌드가 되었다. 심지어 엄격한 자격과 면허가 요구되고, 그렇기에 그 어떤 직업보다 높은 요새에 둘러싸여 있던 전문직 업계조차 더 이상은 N잡러의 유출과 침입을 막지 못하는 모양새다. 인기 웹툰을 거쳐 드라마로도 제작된 〈내과 박원장〉은 18년 경력의 현직 의사가 그린 작품이다. 국내 최대 플랫폼에 정식 연재되고 인기 배우를 주연으로 드라마화된 웹툰을 단순히 전문 직업인의 취미활동으로 보기는 어려울 것이다(실제로 그는 이 활동을 통해 의사 봉급보다 높은 수입을 올렸다고 밝혔다). 한 사람이 의사와 만화가라는 파이프라인으로 시너지를 낸다는 건 한때 상상하기 어려운 일이었다. 그러나 지금은 이런 언밸런스한 조합도 크게 어색하게 느껴지지 않는다.

유출이 있으면 당연히 침입도 있을 것이다. 〈내과 박원장〉과 마찬가지로 인터넷에서 큰 인기를 끌고 드라마화가 확정된 웹툰(인스타툰) 〈전세역전〉은 주인공이 부동산 사기를 당하고 극복하는 과정을 담아낸 콘텐츠다. 그 안에는 각종 법률과 세금, 경매, 등기 같은 전문적이고 구체적인 정보가 가득하지만, 이 만화를 그린 사람은 변호사도 세무사도 공인중개사도 아니다. 오히려 업무 면에서는 이런 직업들의 정반대라고 느껴지는 작가 겸 시인이다. 자격 면허가 없는 사람이 돈을 받고 상담이나 중개를 해주면 위법이지만, 직접 경험하거나 공부해서 알게 된 내용을 콘텐츠로 만들어 돈을 벌면 문제가 되지 않는다. 반드시 전문대학원에 가거나 고시에 합격해야만 이런 소재로 수입을 올릴 수 있는 게 아니라는 뜻이다.

웹툰은 의사와 시인이라는 극과 극의 직업이 연결된 케이스를 보여주는 하나의 예시일 뿐이다. 하지만 그 의미는 분명하다. 전문직의 끝에 있는 의사와 창작자의 끝에 있는 시인이 동시에 같은 일을 하는 세상에서, 그 외의 직업군이 벽을 둘러치고 하나의 우물에만 파묻혀 있는 것이 과연 현명한 일일까? (혹은 가능한 일일까?)

나는 N잡러이고, 스스로의 직업이 몇 개인지 모른다. 우물의 개수를 정확히 셀 수 없는 이유는 크게 두 가지인데, 첫째는 흥미와 전망을 따져가며 새로운 우물에 뛰어들거나 기존의 우물을 덮는 변화가 실시간으로 일어나기 때문이다. 하지만 그보다 더 결정적인 두 번째 이유는, 어떤 일을 직업으로 정의하는 기준을 도저히 알 수 없기 때문이다.

번역가나 작가 등은 비교적 쉽게 내 직업의 범주에 포함시킬 수 있다. 어쨌든 번역서가 나왔고 책이 나왔으니까. 하지만 성우는 어떨까? 나는 유튜브에서 책을 읽어주는 콘텐츠를 진행하고, 기업과 정식 계약을 맺어 오디오북을 열 권 넘게 녹음했다. 낭독으로 수입을 올린다는 점에서 보면 딱히 성우가 아니라고 할 이유가 없다. 하지만 흔히 이 직업의 관문으로 여겨지는 방송사 공채 시험에 붙은 적은 없으니, 제대로(?) 된 성우라고 보기는 애매한 게 사실이다. MC 같은 직업도 그렇다. 독서 관련 행사나 다른 작가의 북토크를 진행한 적이 있으니, 나를 MC라고 소개할 수 있을까? 아니면 단순히 몇 번의 경험만으로 숟가락을 담그는 태도가 그 일을 본업으로 삼는 전문가 분들에게 실례가 될까? 매사에 생각과 고민이 많은 성격 탓인지도 모르지만, 솔직히 앞서 내밀었던 작가나 번역가 명함에도 100퍼센트 확신이 있는 건 아니다. 신춘문예나 통번역대학원 같은 자격을 중시하는 누군가의 관점에서 보면 나는 여전히 프로의 문턱을 넘지 못한 아마추어일 테니까.

나는 내 우물이 정확히 몇 개인지 모른다. 초반에는 숫자만 많고 이렇다 할 '대표주자'가 없는 직업 정체성을 두고 번뇌도 많이 했다. 하지만 어느 순간부터는 집착을 내려놓았다. 직업이 몇 개면 어떻고, 누구에게 무슨 호칭으로 불리면 어떤가. 번역가든 아니든 작가든 아니든, 나는 원서를 옮기고 글을 써서 생계를 유지한다. 성우든 아니든 MC든 아니든, 나는 책을 낭독하고 독서 행사를 진행하는 일에서 보람을 느낀다. 지금의 내게 중요한 것은 직함이 아니라 그 일의 본질이다.

　같은 이유로, 나는 어떤 직함을 어떻게 가질 수 있는지 잘 모른다. 신춘문예에 당선되는 방법도 모르고, 성우 공채에 통과하는 방법도 모른다. 하지만 어떤 일에 어떻게 참여할 수 있는지는 경험으로 알고 있다. 모르는 이야기를 할 수는 없으므로, 지금부터는 내가 아는 이야기를 해보려고 한다. 자격 대신 일을 따고, 직함 대신 경력을 쌓고, 궁극적으로는 원하는 일을 원하는 만큼 하면서 살아가는 일상을 손에 넣는 이야기 말이다.

어떤 우물을 파다가 중간에 덮으면

어디선가 반드시 이런 반응이 나온다.

1등이
아니어도
괜찮아

⌣

어느새 N잡은 어떤 목적을 이루기 위한 수단이 아니라 내 삶의 일부로 자연스럽게 자리 잡았다. 그사이 내 직업생활에는 안팎으로 눈에 띄는 변화가 생겼다.

일단 외적인 면에서 일하는 장소와 형태가 완전히 달라졌다. 직장인 시절에는 몇 번의 이직을 거치면서도 쭉 사무실에 출근하는 형태로 일했고, 퇴사 후에는 한동안 집에 콕 박혀 혼자서 일했다. 이때만 해도 나름 큰 변화를 겪은 줄 알았지만, 그래도 N잡에 뛰어든 이후 생긴 드라마틱한 변동에 비하면 아무것도 아니었다. 지금의 내게는 말 그대로 일하는 장소가 정해져 있지 않다. 어떤 날은 집에서 컴퓨터를 두드리지만 어떤 날은 클라이언트의 회사에서 미팅을 하고, 강연을 위해 기차를 타고 전국 곳곳을 누비기도 한다. 심지어 기차 안에서의 모습도 그날그날 다르다. 어떤 날은 강연 스크립트를 중얼거리지만 어떤 날은 리뷰할 책을 읽기도 하고, 또 다른 날은 노트나 아이패드에 그림을 그리기도 한다(물론 쿨쿨 자는 날도 많다).

수익 구조도 완전히 달라졌다. 직장인 때는 정해진 날짜에 정해진 월급을 받았고, 번역 프리랜서가 된 후에는 몇 개월 단위로 작업비를 한꺼번에 지급받았다. 하지만 지금은 사방에 벌여놓은 일 덕분에 며칠 단위로 입금 문자가 울린다. 일을 열심히 한 달에는 매일같이, 하루에 몇 번씩 문자를 받기도 한다. 혹시라도 피 같은 돈을 떼이는 불상사가 생기지 않도록 받을 금액과 날짜를 기록해두긴 하지만, 당장 들어올 돈이 얼마인지 촉각을 곤두세우기보다는 일부러라도 신경을 끄고 있다가 문득 울리는 알림에 선물 받은 기분을 만끽하는 편이다.

하지만 이런 부분들과 비교도 할 수 없는 진짜 변화는 사실 눈에 띄지 않는 곳, 바로 나의 내면에서 일어났다. 소극적인 내 일생에 일어나리라고 생각도 못 했던 이 신기한 현상은 '어떻게'라는 흔한 단어를 타고 나를 찾아왔다.

'어떻게'라는 부사에는 크게 두 가지 의미가 있다. 첫 번째는 불가능을 나타내는 말로, "내가 어떻게 마라톤을 뛰겠어?" 같은 문장에서 도저히 있을 수 없는 일을 표현할 때 쓰인다. 두 번째는 의지와 방법을 나타내는 말로, "시청역에 어떻게 가지?" 같은 문장에 쓰여 목표를 이루기 위해 해야 할 일이 무엇인지 설명한다.

때로는 낯설고 때로는 익숙한 우물들을 잇따라 파며, 내 안에서 '어떻게'의 의미는 서서히 전자에서 후자로 옮겨갔다. 지금의 내게 새로운 일들은 더 이상 넘볼 수 없는 금단의 영역이 아니라 언제든 찔러볼 수 있는 실행의 영역이 되었다. 모든 일을 잘할 수 있다는 뜻도 아니고, 시작만 하면 프로가 될 수 있다는 뜻도 아니다. 하지만 찔러보는 것 정도는 할 수 있지 않은가? 도전에 세금이 붙는 것도 아닌데. '어떻게'라며 지레 물러서는 대신, 아니다 싶으면 언제든 그만둘 수 있다는 마음으로 일단 '어떻게'를 알아보기 시작하는 것이다.

고등학교 1학년 때였나, 한 선생님이 이런 얘기를 해주신 적이 있다.

"너희가 지금부터 성악을 시작하면, 아무리 죽어라 해도 절대 조수미가 될 수 없어. 하지만 공부는 지금 시작해도 죽어라 하면 1등이 될 수 있다. 그래서 공부가 제일 쉽다고 하는 거야."

그때 나는 고개를 끄덕였다. 지금부터가 아니라 태어날 때부터 노래를 했다 해도 내가 성악가로 성공할 수 있을 것 같지는 않았으니까. 결국 공부로도 1등은 하지 못했지만, 어쨌든 해도 안 될 분야에서 헛발질을 하는 것보다는 그나마 가능성 있는 분야에 집중력을 쏟는 것이 현명하다고 생각했다. 그 믿음은 이후로도 오랫동안 변하지 않았다.

하지만 어느 순간부터 나는 이 말이 떠오를 때마다 고개를 갸웃하며 10년도 더 늦은 질문들을 속으로 삼킨다. '조수미가 될 수 없으면 성악을 하면 안 되나요?' '안 되면 말더라도 배워보는 것 정도는 할 수 있지 않나요?' '혹시 제게 재능이 숨어 있을 가능성도 있지 않나요?' '만약 그렇지 않더라도, 해보고 재미있으면 취미로 삼으면 되지 않나요?'

글을 쓰고 영상을 만들면서부터는 거의 말대꾸에 가까운 질문이 하나 더 늘었다. '재능이 없으면 없는 대로, 더 재미있는 콘텐츠를 만들 수 있을 것 같은데요?'

선생님이 예로 들었던 성악은 아니지만, 요즘 나는 생소하고 흥미로운 일을 발견할 때마다 자동으로 '어떻게'를 떠올린다. 최근 이런 생각이 들게 한 일에는 베이킹과 코딩, 요가 등이 있다. 베이킹과 코딩은 관련 도서를 구입해서 읽어보기 시작했고, 요가는 과감히 3개월 수강권을 끊어서 이제 일주일 정도 다녔다.

물론 나는 여전히 맛 좋은 빵을 구울 줄도, 스마트폰 앱을 만들 줄도, 몸을 뒤로 꺾는 일명 '엑소시스트' 자세를 할 줄도 모른다. 하지만 책을 읽고 수강권을 끊기 전보다는 이런 분야에 대해 아주 조금 더 알게 되었다. 계속하다 보면 실력이 점점 늘 수도 있고, 이 중 어떤 취미는 새로운 우물로 자리 잡을 수도 있다. 어쩌면 10년쯤 뒤에는 본격적인 직업이 되어 있을지도 모를 일이다. 안 되면 어떻게 할 거냐고? 안 되면 말고!

가능과 불가능은 어차피 지금 시점에서는 절대 알 수 없는 일이다. 하지만 일주일 다닌 형편없는 실력의 요가 일기는 벌써 글과 그림으로 엮어서 인터넷에 올리기 시작했다.

나의 우물 파기는 보통 이런 식으로 시작된다.

N잡의 핵심은 시간과 자원의 적절한 분배이고

그러려면 자신의 상황을 객관적으로
파악하려는 노력이 필요하다.

지나친 과대평가도 문제지만

그 반대 또한 문제라고 생각한다.

시작 단계에서 적당한 수준은
이 정도가 아닐까.

인맥이요?
없었는데요,
생겼습니다

⌣

첫딸은 아빠를 닮는다던데, 우리 집만큼 이 말이 확 들어맞는 경우도 없을 것이다. 아빠와 나의 과거 사진을 보면 성별 차이가 무색할 만큼 똑 닮아 있다. 중학생 무렵 집에 놀러 왔다가 부모님을 본 친구들은 한동안 나를 '머리 긴 아버님'이라고 불렀다. 어릴 때는 진한 쌍꺼풀이 시원한 엄마의 외모를 닮았으면 했지만(이 유전자는 여동생에게 홀랑 빼앗겼다), 이제는 홑꺼풀과 작은 이목구비에도 정이 들었는지 지금 모습에 그럭저럭 만족하게 되었다.

우리 부녀의 닮은 점은 외모뿐만이 아니다. 책과 요리를 좋아하는 취향도 닮았고, 탄수화물을 사랑하는 식성도 닮았다. 똑같이 생긴 얼굴에 똑같은 식사를 하고 똑같은 취미를 즐기는 걸로도 모자랐는지, 아빠는 내게 고치려야 고칠 수 없는 성격까지 그대로 물려주었다. 그러니 내가 곧 죽어도 아쉬운 소리를 못하는 사람으로 자라난 건, 내 선택이 아니라 세포 하나하나에 아로새겨진 유전자 때문이라는 뜻이다.

이 미련하리만큼 우직한 성격은 어른이 된 후 한참 동안 나를 번뇌하게 했다. 소위 '딸랑딸랑' 혹은 '사바사바' 같은 단어로 대변되는 스킬을 전혀 갖추지 못한 내게 사회생활이란 매일이 시험의 연속이었다. 조직에 속해 있을 때는 높으신 분들에게 딸랑딸랑하지 못해서 감점을 받았고, 독립근무자가 된 후에는 일감을 쥔 분들에게 사바사바하지 못해서 가점을 놓쳤다. 돈을 좀 덜 벌더라도, 인정을 좀 덜 받더라도, 가능하면 혼자 일하는 직업을 갖기로 결심한 건 나의 가장 큰 스트레스가 언제나 사람과의 관계에서 비롯되었기 때문이다.

이랬던 내가 지금은 매일같이 서로 다른 사람들과 협업하며 직장인 시절보다 활발한 인간관계를 맺고 있다. 좋은 사람들로부터 도움을 받고, 때로는 그들 덕분에 일의 영역을 확장시키기도 한다. 한마디로 말해서, 요즘 나는 인맥의 혜택을 누리고 있다. 갖고 있던 연줄도 새로운 끈을 붙잡을 넉살도 없던 내게 이런 삶이 찾아왔다는 것이 믿기지 않지만, 어쨌든 이것은 엄연히 일어난 사실이다.

그 변곡점을 정확히 집어내기란 불가능하다. 다만 '어째서?' 라는 의문을 품고 과거를 되짚어보면 지금의 결과를 만들어내는 데 일조한 몇 개의 흐름이 드문드문 떠오르긴 한다.

그중 하나의 흐름은 몇 번째인지 모를 어느 북토크를 거쳐 왔다. 시내의 한 서점에서 독자들을 만나 이야기를 나누는, 출판사가 마련한 일회성 이벤트였다. 행사를 마치고 며칠쯤 지났을까, 모르는 번호에서 전화가 왔다. 수화기 너머 상대방은 자신이 북토크 장소였던 서점의 관계자라며, 출판사에서 내 연락처를 받았다는 설명과 함께 머뭇거리며 부탁을 꺼냈다. 바로 이틀 후 진행 예정인 초등학생 대상의 독서 행사에서 강연을 해주지 않겠냐는 내용이었다.

사정을 들어보니, 원래 참여하기로 했던 강연자가 개인 사정으로 급히 불참을 통보한 모양이었다. 지나치게 촉박한 일정에다, 자료도 완전히 새로 준비해야 했고, 운전을 못 하는 내게 행사 장소인 분당은 멀어도 너무 멀었다. 게다가 원래 강연자 이름을 넣은 포스터와 홍보물이 모두 배포된 상황이라, 참여한다 해도 나는 모두의 눈에 '땜빵'으로 비칠 게 뻔했다.

그럼에도 '네'라고 대답한 이유는 복합적이었다. 강연 경험을 한 번이라도 더 쌓고 싶었고, 수화기 너머 M 과장의 목소리가 너무 절박했고, 낯선 어린이 독자들을 만나보고 싶었다. 툭 까놓고 강연비도 탐났다. 그래서 하겠다고 했다. 그리고 기왕 이렇게 된 거, 조금이라도 더 알찬 강연을 하기 위해 시간을 쪼개가며 프로그램을 열심히 준비했다.

그 행사의 기억이 하나의 특이한 에피소드로 희석되었을 무렵, 또다시 모르는 번호에서 전화가 왔다. 이번에 나를 찾은 이는 M 과장을 통해 내 연락처를 받았다는, 같은 서점의 또 다른 관계자 R 대리였다. 아무래도 그 서점에 내가 땜빵 전문가로 소문이라도 난 모양이었다. 그는 내게 기존 호스트가 그만둔 북클럽을 이어서 맡아달라고 했다. 6개월간 격주로 만나서 독서 토론을 하는 모임인데, 원래 진행하던 사람이 또 중도에 하차했다는 것이다. 역시 수월하지 않은 부탁이었지만, 나는 이번에도 복합적인 이유로 '오케이' 사인을 보냈다. 그리고 교체의 괴리감이 느껴지지 않았으면 좋겠다는 마음으로 열심히 책을 읽고 모임을 이끌었다.

그 인연이 또다시 이어진 것은 몇 달 후였다. 이번에 휴대폰 화면에 뜬 것은 익숙한 북클럽 담당자 R 대리의 번호였다. 하지만 그는 그사이에 모 온라인 클래스 업체로 이직을 한 상태였다. 아이템을 발굴하다가 갑자기 내 생각이 났다며 운을 뗀 그는 내게 '출판번역'이라는 주제로 온라인 강의를 진행해보지 않겠냐고 했다. 늘 그랬듯 갑작스럽고 낯선 제안이었지만, 나는 망설이다 결국 '예스'를 날렸다. 그 대답은 수개월의 준비를 거쳐 '원서 번역하고 수입 만들기'라는 이름의 클래스가 되어 돌아왔다. 이 강의는 내게 처음으로 '강사' 타이틀을 달아주었고, 직장인 시절의 연봉을 뛰어넘는 수익을 가져다 주었다.

북토크라는 하나의 경험이 강연자, 북클럽 진행자, 강사라는 파이프라인으로 발전한 이 일련의 과정을 누군가는 운이라고 부를지도 모르겠다. 어떻게 보면 틀린 말은 아니다. 처음부터 끝까지 내가 기획한 일이라고 볼 수는 없으니까. 하지만 한 가지 확실한 건, 이 도미노 같은 연쇄작용의 어느 부분에도 '딸랑딸랑' 혹은 '사바사바'는 개입하지 않았다는 것이다.

게다가 행운의 효력은 감사하게도 아직 다하지 않았다. 함께 책을 만들었던 출판사 편집자는 다른 회사로 이직하며 내게 번역 일감을 물어다주었다. 오디오북을 담당하던 매니저는 영상 제작자로 변신한 뒤 제품 홍보모델로 나를 추천해주었다. 강연 일로 인연을 맺었던 작가가 다리를 놓아준 덕에 라디오 방송에 출연할 수 있었다.

여기에 더해, 나는 더 이상 자신의 성격을 두고 번뇌하지 않는다. 살면서 무식하다는 소리도 여러 번 들었던 나의 우직함은, 이제 쭉 찢어진 홑꺼풀 눈과 마찬가지로 내가 사랑하는 나의 일면으로 자리를 잡았다.

누군가로부터 도움을 받을 때마다

이런 감정을 참 많이 느꼈다.

어느 날, 함께 일했던 스태프 분과
식사를 하는데

재능 개미의
분산투자

⌣

회사 밖에서 여러 우물을 파며 살아가는 삶이 어느 정도 자리를 잡았다 싶을 무렵, 누군가에게 처음으로 이런 이야기를 들었다.

"부럽네요. 메리 씨는 기술이 있으니 어디서든 먹고살 수 있잖아요."

순간적으로 '오잉?' 하는 물음표가 머리를 스쳤다. '기술 하나 없는 사무직 출신~'으로 시작하는 책까지 쓴 내게 기술이 있어서 부럽다니? 하지만 말하는 사람도 특별히 심각한 분위기는 아니었고, 이 정도는 밥벌이의 고뇌를 아는 이가 던질 만한 일상적 푸념이라 생각했기에, 나 또한 농담 반 진담 반으로 가볍게 대답하며 넘어갔다.

그런데 시간이 흐를수록 비슷한 이야기를 점점 더 자주 듣게 되었다. 어떤 이는 내게 영어라는 기술이 있어서, 어떤 이는 책이라는 콘텐츠가 있어서 좋겠다고 말했다. 여러 가지 일을 동시에 할 수 있는 다재다능함이 부럽다는 사람도 있었다. 'N잡러'나 '독립근무자' 같은 타이틀이 그 자체로 누군가에게 동경을 자아낸다는 사실, 그 커리어의 원동력이 되는 수단이 특별해 보일 수 있다는 사실을 지금은 어렴풋이 이해한다. 과분하도록 감사한 평가지만, 솔직히 이런 이야기를 들을 때마다 내가 느끼는 가장 큰 감정은 이질감이다. 지금과 똑같은 주제를 두고, 몇 년 전의 나는 전혀 다른 평가를 받았던 것이다.

사람들이 말하는 내 기술은 처음부터 기술이 아니었다. 나는 현저히 부족한 사회성 탓에 모두의 걱정과 만류를 받으며 직장을 그만두어야 했다. 그 이후에도 기술 부족에서 오는 심리적 콤플렉스와 현실적 어려움으로 오래도록 방황기를 겪었다. 내가 처음부터 영어를 잘했다면 서른이 다 된 나이에 학원에서 기초반부터 공부할 필요가 없었을 테고, 번역가가 되는 데 그렇게 오랜 시간이 걸리지도 않았을 것이다.

우여곡절 끝에 N잡러라는 방향을 잡고 콘텐츠를 만들기 시작했을 때도 내 주위 사람들은 대부분 '북튜브'라는 소재를 뜯어 말렸다. 어린아이부터 할머니까지 스마트폰을 들고 다니는 요즘 누가 글자로 된 책을 읽으며, 자극적인 영상이 넘쳐나는 유튜브에서 《죄와 벌》이나 《그리스인 조르바》 이야기를 해대면 누가 보겠냐는 것이 일반적인 반응이었다. 그럼에도 내가 대세인 먹방이나 게임, 재테크 같은 콘텐츠를 마다하고 책을 택한 가장 큰 이유는, 그 인기 있는 분야들에 대해 아는 게 전혀 없었기 때문이다.

여러 우물을 파게 된 원인도 근본적으로 같다. 직업 하나로 충분히 생계를 유지할 수 있었다면, 내가 무엇 때문에 알지도 못하는 바닥에 수십 번씩 삽을 찔렀겠는가? 심지어 그때보다 사정이 좀 나아진 지금마저도 나는 여전히 N우물의 보호막을 필요로 한다. 직업적인 보람이나 의미 같은 고차원적 가치를 떠나서, 어느 한 분야의 수입만으로는 경제적 안정을 달성할 수 없기 때문이다. 물론 이 말을 뒤집어서 하면 이렇게 될 수도 있다. 지금의 나는 N우물의 보호막 덕에 경제적인 안정을 손에 넣었으며, 보너스로 직업적인 보람과 의미도 조금씩 찾아가고 있다고.

나는 재능 시장의 '개미'다. 내가 N잡러로 살아가는 이유는 주식시장의 '개미'들이 분산투자를 하는 이유와 다를 게 없다. 잘나가는 국내 대기업이나 글로벌 기업의 대주주라면 굳이 아까운 자본을 분산할 필요가 없을지 모른다. 하지만 나 같은 개미는 이익을 극대화하고 리스크를 통제하기 위해 작고 소중한 자원을 여러 바구니에 나누어 담아야 한다. 만약 지금의 내가 기술과 콘텐츠로 수익을 얻는 것처럼 보인다면, 그것은 오직 여러 번의 실패 끝에 포트폴리오를 짜는 노하우를 알아낸 덕분일 것이다. 나는 강연처럼 한 번에 목돈이 들어오는 일과 출간처럼 꾸준한 인세가 들어오는 일, 유튜브처럼 나를 알리고 독자들과 소통할 수 있는 일을 투자 바구니에 골고루 분배하려 노력한다. 새로운 사업처럼 실패의 리스크가 큰 우물을 구상할 때는 반드시 외주 번역처럼 절대 마이너스가 나지 않는 우물을 깔고 간다.

무엇보다, 나는 시간이 날 때마다 꺼진 불도 다시 보는 마음으로 놓치고 지나간 우물터가 없는지 살핀다. 돈이 되는 일이든, 안정을 주는 일이든, 보람이 있는 일이든, 지금의 내 삶을 구성하는 N개의 우물이 한때는 전부 잡초투성이 공터였다는 사실을 알고 있기 때문이다.

주식투자를 하는 내 지인들은 입버릇처럼 말한다. 몇 년 전에는 S전자 주식이 껌 값이었고, H자동차 주식이 헐값이었으며, 초창기에 거저나 다름없었던 K플랫폼 주식을 샀으면 지금쯤 대박이 났을 거라고. 하지만 그들은 그때 그 주식에 투자하지 않았다. 돈이 없어서가 아니라(아무리 없었어도 껌 살 정도는 있었겠지) 가치주에 잠재된 가능성을 제대로 살펴보지 않았던 탓이다.

과거에 대한 후회는 차치하고, 나중에라도 그 사실을 깨달은 사람들에게는 자동으로 두 가지 선택지가 생겨난다. 지금이라도 저평가된 가치주를 발굴하고 자원을 분산투자해서 이익 실현에 도전할 것인가? 아니면 다른 이가 얻은 것을 보며 마냥 부러워만 할 것인가?

이러한 갈림길이 존재하는 것은 직업의 세계도 마찬가지다. 이 정도는 기술이라고 할 수 없다던 우물에 보기보다 큰 잠재력이 숨어 있는 경우도 많고, 시간과 에너지를 적절히 분배하여 리스크를 통제하고 성공 가능성을 높일 수도 있다. 반드시 빚을 내거나 모든 것을 걸 필요가 없다는 점, 지금 있는 자리에서 가진 것으로 조금씩 시도할 수 있다는 점 또한 N잡과 주식투자의 중요한 공통점일 것이다.

당장 단독으로는 프로가 되기 어려운 기술이라도

다른 우물과 함께하면 활용도가 높아지고

우물의 개수가 늘어나면 시너지는 더 커진다.

그사이 실력이 자연스레 발전해나간다는 건 덤!

이렇게 조금씩 쌓인 선순환의 고리는
우리를 예상하지 못했던 세계로 데려다준다.

바닥에서 천장을 만나다

⌣

'세계는 평면이 아니라 원형이었구나.' 테드 창의 단편 SF 〈바빌론의 탑〉에서 주인공 '힐라룸'이 얻은 깨달음이다. 그는 천국에 닿겠다는 열망을 갖고 높은 탑을 쌓지만, 어쩐 일인지 그 끝에서 하늘이 아닌 바다를 만나게 된다. 그 순간 그는 세상의 원리를 이해한다. 창조주는 이 세계를 원통 모양으로 만들었던 것이다. 동그란 원의 시작점과 끝점이 일치하듯이, 이 세상의 천장은 사실 땅바닥과 붙어 있었다.

이 이야기는 '공상' 과학 소설이다. 작가가 상상력을 버무려 만들어낸 허구라는 뜻이다. 하지만 공상이나 상상과 거리가 먼 현실의 한 지점에서, 나는 이 의미심장한 문장을 저도 모르게 떠올렸다. 그때 나는 천장과 바닥이 붙어 있는 곳을 지나고 있었다.

하늘로 올라가는 탑을 쌓으며 출발했던 소설 속 주인공과 달리, 나의 이야기는 바닥으로 내려가는 고속 엘리베이터에서 시작한다. 2019년에 발발하여 이후 몇 년간 전 세계를 혼란에 빠뜨렸던 팬데믹 사태에 속절없이 휩쓸리던 무렵이었다.

감염 보도가 하나둘씩 나오던 초반까지만 해도, 나는 오히려 남 걱정을 하는 축에 속했다. 내 경우는 집에서 혼자 일하는 날이 대부분이니 남들보다 감염 위험도 적을 테고, 당장 회사나 가게가 달린 직장인이나 자영업자와 달리 가시적인 피해도 없을 것이라 생각했기 때문이다. 몇 년 전에 겪고 지나간 메르스 사태처럼 예방에 신경 쓰는 선에서 일이 마무리된다면 딱히 내 일상이 흔들릴 이유는 없어 보였다.

문제는 (다들 알다시피) 팬데믹의 영향력이 지나가는 유행병 수준에서 그치지 않았다는 것이다. 거리가 텅 비고, 하늘길이 막히고, 국가가 사람들의 모임을 통제하는 상황이 닥치고 나서야 깨달았다. 나는 이 비극에서 전혀 자유롭지 못하다는 사실을.

재난의 물살을 처음 맞이한 곳은 고속도로 한복판이었다. 그때 나는 지방에서 열리는 강연에 참여하기 위해 버스를 타고 내려가던 중이었다. 살짝 불안하긴 했지만, 그때까지만 해도 마스크를 쓰거나 방청객 수를 줄이는 식으로 어떻게든 오프라인 행사를 강행하던 시기였기에 '에이, 설마…' 하는 마음으로 차에 올랐었다. 하지만 현실은 가차 없었다. 나는 미안하다는 말을 연발하며 취소 소식을 알려온 관계자에게 괜찮다고 얘기하며 전화를 끊었다. 어차피 소용없는 일이므로 이미 출발했다는 말은 굳이 하지 않았다. 나는 알고 있었다. 취소 사유가 '천재지변'에 해당하는 만큼 약속한 강연비는 한 푼도 받을 수 없다는 걸. 이미 지불한 차비를 환불 받거나 고속도로에 진입한 차를 돌릴 방법도 없다는 걸. 내가 할 수 있는 일이라곤 사라져버린 목적지를 향해 하염없이 실려 가는 것뿐이었다.

그날을 기점으로 예정되어 있던 행사들이 줄줄이 취소되었다. 날짜를 잡아놓고 끝까지 기다리다가 하루 전날이나 당일에 통보를 해오는 일도 비일비재했다. 그쪽도 당황스러우리라는 사실을 머리로는 이해했지만, '환불 기한'이 다가오면 어김없이 울리는 취소 전화에 어쩔 수 없이 마음의 상처도 많이 받았다.

이럴 때 든든한 버팀목이 되어주어야 할 다른 우물도 타이밍이 꼬이는 바람에 역으로 마이너스를 키웠다. 그때 내가 가장 많은 에너지를 투자했던 일은 영어 학습서의 원고 작업이었다. 그 책의 주제가 '여행 회화'였으니 더 이상 무슨 설명이 필요할까? 몇 달을 갈아 넣은 그 책은 시기를 미루고 미루다가 결국 여행을 떠날 독자 하나 없는 상황에서 출간되었다.

상황이 이렇게까지 통제를 벗어나자 감당하기 힘든 무력감이 밀려왔다. 어차피 팔리지도 않을 책, 어차피 진행되지도 않을 계약 따위 다 놓고 '잠수'해버리고 싶은 마음이 굴뚝같았다. 그래도 무력감에 완전히 잠식당하지 않은 건 오직 나를 믿고 일을 맡겨준 사람들의 얼굴 때문이었다. 일단 지금 벌여놓은 것들을 신속하게 마무리해야 플랜 B고 C고 세울 수 있다며, 나는 축축 처지는 몸과 마음을 애써 다독이며 성과가 기대되지 않는 일들에 매달렸다.

그래도 역시 인간은 적응의 동물이었다. 도저히 익숙해지지 않을 것 같던 팬데믹이 어느덧 모두의 삶에 녹아들었을 무렵, 내 생활에도 조금씩 변화가 찾아왔다. 처음에는 갈팡질팡하던 강연과 독서 행사들이 몇 개월 사이에 비대면 시스템을 정비하고 서서히 살아나기 시작했다. 여행 회화 부문은 여전히 죽을 쑤고 있었지만, 집에서 생활하는 시간이 늘어나며 전반적으로 독서 시장이 활성화된다는 소문도 들려왔다.

다행한 소식에 가슴을 쓸어내릴 짬도 없이, 내 일상은 극비수기에서 극성수기로 눈 깜짝할 사이에 전환되었다. 글을 쓰고, 번역을 하고, 영상을 찍고, 라이브 북클럽을 진행해온 내 경험이 의도치 않게 각종 비대면 활동에 매우 적합한 것으로 판명되었기 때문이다. 북토크를 해본 저자는 많아도 같은 이야기를 온라인 라이브로 전해본 사람은 많지 않았다. 학생들을 가르쳐본 번역가는 많아도 같은 정보를 온라인 녹화로 전해본 사람은 많지 않았다. 모두에게 낯설고 당혹스러운 상황이었기에, 내 얕고 짧은 우물들이 갑자기 상대적인 전문성을 띠게 되었다. 협업을 하자거나 노하우를 알려달라는 요청이 쇄도하는 가운데, 바닥을 뚫고 내려가던 커리어는 뜻밖의 천장을 만났다.

고속도로에서 취소 통보를 받았던 그 행사는 몇 개월 뒤 비대면 방식으로 재개되었다. 시기가 늦어지긴 했지만 어쨌든 강연비도 무사히 받았다. 그래도 시간을 낭비하지 않았느냐는 부정적인 생각은 군이 하지 않으려 한다. '만약 그때 관계자에게 짜증을 퍼부었다면…'이라는 아찔한 가정도 군이 할 필요 없을 것 같다. 날린 줄 알았던 돈도 받았고, 비대면 촬영은 서울에서 진행한 덕에 따로 차비도 들지 않았다. 그 정도면 충분히 감사한 일이라고, 그때 나는 진심으로 생각했다.

곳간에서 인심 난다는 말이 있다.

팬데믹으로 주 수입원에 큰 타격을 입었을 때

작지만 꾸준히 플러스가 되는
우물들은 여전히 남아 있었다.

그 위기를 겪으며 새삼 깨달았다.

내가
나의 적이
되어버린
이유

⌣

한동안 일상을 흔들어놓았던 팬데믹과는 버팀과 발버둥 끝에 겨우 균형을 잡을 수 있었다. 상처도 받고 흉터도 남았지만, 그만큼 많은 것을 배우고 성장한 시간이었다. 생각해보면 이런 위기는 언제나 있었다. 전 세계적 재난 상황이라는 규모가 남달랐을 뿐, 개인의 관점에서 보면 코로나 바이러스와 비슷하거나 더 심각한 영향을 미치는 사건들은 시도 때도 없이 일어나지 않는가. 목숨을 앗아가는 극단적인 사고와 질병까지는 차치하더라도, 인간은 살아가는 한 생계를 위협하는 적들의 공격을 피할 수 없는 운명이다.

회사에 도저히 적응할 수 없다는 사실을 깨달았을 때, 백수가 되어 냉혹한 현실을 마주했을 때, 시장의 변화나 고객의 변심으로 하루아침에 일거리를 잃어버렸을 때, 내 안의 '생계 대책 본부'에는 위험을 알리는 적색경보가 울려 퍼졌다. 몇 번을 겪어도 매번 처음처럼 당혹스러웠지만, 결과적으로 나는 N잡이라는 해결책을 통해 위기를 극복했다. 부족한 운이나 재능, 통제할 수 없는 상황의 변화를 맞닥뜨릴 때마다 새로운 우물을 뚫거나 서로 다른 우물 사이의 시너지를 활용하며 어떻게든 통장의 안위를 지켜낸 것이다.

하지만 적이 꼭 외부에만 있는 건 아니다. 때로는 나의 내면을 잘 관찰하지 못한 탓에 누구보다 내 편이어야 할 자기 자신을 적으로 돌리는 비극이 발생하기도 한다. 흔히 '번아웃'이라고 불리는, 극심한 과로 끝에 결국 일에 대한 의지를 잃어버리는 증상은 자신을 돌보지 않아 삶이 위협을 받는 대표적인 문제일 것이다. 외부적인 위기에 대해서는 거의 치트키 수준으로 유용한 솔루션이 되는 N개의 우물도 내부적인 번아웃만큼은 해결해줄 수 없다. 심한 경우에는 마음이 탈진해버린 순간 책임져야 할 일이 여럿이라는 사실 때문에 문제가 더 복잡해지기도 한다. 그렇다. 이것은 나의 경험담이다.

앞에서 N잡의 가장 큰 가치가 선순환이라는 이야기를 했었다. 일단 선순환이 시작되면 전혀 별개의 일처럼 보이던 우물들이 생각지 못한 방식으로 연결되며 파이프라인을 사방으로 뻗어나간다. 내 책을 읽은 사람들이 유튜브를 구독하고, 유튜브를 본 사람들이 강연을 요청하고, 강연을 들은 사람들이 번역을 의뢰하고, 번역서를 본 사람들이 클래스를 제안하고…. 이 순환의 사이클 안에 들어온 우물은 종종 그 자체만으로 발휘하거나 기대하기 어려운 잠재력과 수익성을 보여준다. 예를 들어, 나는 전문적으로 미술 교육을 받은 적도 없고 그림만으로는 프로가 되기 어려운 실력이지만, 이런 우물이라도 글이나 영상 같은 다른 일들과 엮이면 적지 않은 수익을 창출하는 파이프라인이 된다.

이토록 놀라운 N우물의 힘을 제대로 자각하지도 못한 상태에서 엉겁결에 이 세계에 뛰어든 것이 실수라면 실수였을 것이다. 뭐 하나라도 터지는 수맥을 찾아보자며 이 땅 저 땅에 삽을 찔러대던 나는 어느 순간 지금껏 팠던 우물들이 연결되고 있었다는 사실을 깨달았다. 순환이 시작되자 갑자기 모든 분야에서 나를 찾는 사람들이 생겼다. 텅 비어 있던 달력은 여백이 모자랄 정도로 빽빽이 채워졌고, 스케줄 문제로 정중히 거절한 거래처조차 몇 개월에서 몇 년까지도 기다릴 테니 반드시 협업을 하고 싶다는 의사를 전해왔다.

고객이 있는 진짜 일, 돈이 되는 일에 굶주려 있던 나는 일정을 쪼개고 쪼개서 받을 수 있는 한계까지 일을 받았다. 처음에는 직장에 다닐 때처럼 평일에 하루 여덟 시간 정도 일하는 수

준이었지만, 놓치기 아까운 일이 눈에 밟히면서 점점 업무량을 늘려나갔다. 정부에서 주 52시간 근무제를 도입하던 시기, 나의 근무 시간은 주 100시간을 가볍게 넘겼다. 주말이나 공휴일은 당연히 없었고, 하루에 20시간 이상 일하는 날도 흔했다. 가장 바쁘던 시기에는 꼬박 이틀씩 철야하는 날도 다반사였다.

이 무렵 나의 삶은 오로지 일에만 매여 있었다. 살인적인 업무량을 소화하려면 체력과 정신력을 극한까지 쥐어짜는 스케줄링이 필요했다. 아침에 눈을 뜨면 일단 맑은 정신이 필요한 글쓰기나 번역, 고객과의 커뮤니케이션을 우선적으로 처리했다. 오후 시간에는 그림을 그리거나 영상을 찍는 등 중간 정도의 집중과 체력을 요하는 일을 했다. 이때 색칠이나 컷 편집 같은 단순 작업은 일부러라도 뒤로 미뤄놓고, 머리가 조금이라도 굴러가는 동안 '생각이 필요한' 일에 끝까지 매달렸다. 그러다 한밤중이 되고 마지막 한 조각의 정신력까지 증발하면 그제야 멍한 정신으로 손을 놀리며 색칠 같은 단순 작업을 새벽까지 이어갔다.

수입은 괜찮았다. 너무 바빠서 얼마를 벌고 쓰는지 계산할 틈도 없었지만, 정신을 차려보니 통장 잔고의 단위가 바뀌어 있었다. 하지만 일하는 시간이 곧 돈이라는 생각이 머리에 박히면서, 금전적으로 이익이 되지 않는 활동은 모두 우선순위에서 밀려났다. 매끼 식사는 배달음식으로 때웠고, 청소나 빨래는 가사도우미에게 맡겼다. 휴가를 떠나거나 친구들과 만나 논다는 사치는 생각하기도 어려웠다.

번아웃의 조짐은 분명 있었다. 어느 순간부터 일이 재미있지 않고, 매사에 감정이 무뎌지고, 종일 '피곤하다'는 생각이 머리를 지배했다. 조미료에 마비된 혀는 점점 맵고 자극적인 음식만 찾았다. 언젠가부터 당연하다는 듯 속이 쓰렸고, 거울을 보면 스트레스 때문에 굳어진 표정이 눈에 들어왔다. 한없이 무기력하다가 별안간 작은 일에도 짜증이 치솟는 모순적인 상태가 번갈아 찾아왔다.

'나, 이러다 번아웃 오는 거 아니야?'

이런 자각이 처음 찾아왔을 때, 그때는 이미 사태가 심각했다. 나는 번아웃이었다. 그것도 중증의. 몸과 마음은 방전도 모자라 고장 난 수준에 이르렀고, 그나마 일에 미쳐 사는 동안 쉬는 법마저 깡그리 잊어버린 상황이었다.

속이 텅 빈 것 같고
인생에 자주 회의감을 느끼는가?

아침에 일어나서 출근할
생각만 하면 피곤해지는가?

못 가겠어···

어떤 일을 하는 데
소극적이고 방어적이 되었는가?

START➡

* 질문 참고자료 : 《우리, 조금 지쳤다》
박종석(정신건강의학과 전문의) 지음

168

노출 하나
없는
바디프로필

⌣

번아웃을 극복하기 위해 바디프로필을 찍었다고 하면, 적어도 바디프로필이 뭔지 아는 사람은 고개를 갸우뚱할 것이다. 그게 뭔지 모르는 사람이라도 인터넷에 '바디프로필'이라는 키워드를 한 번만 검색해보면 즉시 같은 반응을 보이리라. 몸이 잘 드러나는 의상 아래로 도드라진 탄탄한 근육은 얼핏 봐도 피나는 노력의 결실이니까.

'번아웃 극복'과 '피나는 노력'이라니. 한 문장에 들어 있다는 사실 자체가 어색할 정도로 안 어울리는 조합이다. 노력을 너무 해서 빠지는 상태가 번아웃인데, 그 상황을 해결한답시고 또 피가 나도록 노력을 한다면 그건 술을 마셨다는 사실을 잊으려고 또 독한 술을 퍼마시는 주정뱅이와 다를 게 없다. 번아웃에서 벗어나려면 쉬어야 한다. 이건 설명할 필요도 없는 전제다. 하지만 실제로 겪어보니 그것만으로는 충분하지 못했다. 독감이 사실은 독한 감기가 아니듯, 번아웃은 단순히 심한 피로가 아니었다. 휴식을 취하면 저절로 회복되는 그런 성질의 증상이 아닌 것이다.

내가 번아웃에 빠졌다는 사실을 깨달았을 때 가장 먼저 한 일은 당연히 일을 줄이는 것이었다. 이마저도 처음에는 쉽지 않았다. 남은 계약도 밀려 있었지만, 무엇보다 이미 관성이 되어버린 과로 습관이 생각처럼 고쳐지지 않았다. 주말이나 저녁, 잠깐 비는 짬에도 뭔가 생산적인 일을 하지 않으면 순식간에 초조함이 밀려와서 노트북으로 손을 뻗곤 했다.

그래도 그때는 일말의 희망이 있었다. 어쨌든 스스로 번아웃이라는 상태를 인지했으니 최악은 벗어난 것이고, 차츰 스케줄을 조정하고 쉬면 괜찮아질 거라고 생각했다. 다행인지 불행인지 프리랜서란 일을 찾아서 하지 않으면 저절로 생기지는 않는 직종이다. 멈출 수 없다는 압박감, 미래에 대한 불안, 거절에 대한 두려움… 바닥난 체력을 뚫고 올라오는 각종 강박 때문에 예상보다 몇 개월이 더 걸리긴 했지만, 어쨌든 나는 급한 일들을 마무리하고 휴식할 시간을 만들어내는 데까지는 성공했다.

그러나 오랜만에 마주한 '시간'은 기대했던 모습과 달랐다.

오직 일만 하며 달려온 내게 일이 빠진 시간은 그저 커다란 구멍에 불과했다. 여유만 생기면 친구들도 만나고 미뤄왔던 여행도 가리라 다짐했지만, 막상 그럴 수 있게 되자 도무지 몸이 움직이지 않았다. 그 재미있던 책도, 그림도, 영화도 다 보기 싫었다.

그때 알았다. 번아웃은 방전이 아니라 고장이라는 것을. 고장 난 배터리가 충전만으로 채워지지 않듯, 번아웃된 몸과 마음은 휴식으로 채워지지 않았다. 휴식으로 현상을 유지할 수는 있어도 문제를 근본적으로 해결할 수는 없었다. 처음에는 일을 확실히 그만두지 않아서, 조금씩이나마 계속하고 있어서 그런 게 아닐까 의심하기도 했다. 하지만 큰맘 먹고 자신에게 완전한 휴가를 줘봐도 문제는 그대로였다. 침대에 늘어져 머릿속으로 '지금 뭐 하는 거지…'와 '그냥 일이나 할까…' 사이를 왕복하는 기간이 조금 늘어났을 뿐이었다.

어느 날 멍하니 SNS를 훑고 있는데 지인이 찍었다는 바디프로필 사진이 보였다. 처음에는 놀랐다. 한창 유행이라는 얘기는 들었지만, 연예인이나 인플루언서가 아닌 평범한 사람이 도전하는 영역이라고는 생각지 못했기 때문이다. 사진 속 지인은 건강미 넘치는 근육을 뽐내고 있었다. 하지만 그 모습 자체보다도 더 눈길을 끈 것은 그 아래 쓰여 있는 설명이었다. 몇 달간 운동과 식단을 유지하며 만들어낸 결과물이 뿌듯하다고, 그는 말하고 있었다.

순간 눈물이 핑 돌았다. 시집도 아니고 SNS에 올라온 글 하나에, 그것도 식단이니 운동이니 하는 말을 보고 눈물을 짜다니, 누가 봤으면 번아웃에 시달리다 드디어 미쳐버렸다고 생각했을 것이다. 하지만 그때 그 두 개의 단어는 분명한 의미를 담아 내 심금을 울렸다. 나의 입에 들어가는 밥과 나의 몸을 보살피는 활동을 진심으로 신경 썼던 게 마지막으로 언제였는지, 정말로 기억조차 나지 않았던 것이다.

휴식기를 가졌어도 식사는 여전히 배달음식 일색이었고, 숨쉬기도 귀찮다며 최소한의 운동조차 놓아버린 상태였다. 바꾸고 싶다는 마음은 내내 있었지만, 구체적으로 무엇을 바꿔야 하며 어떻게 바꿀 수 있는지 알 수가 없었다. 아니, 생각할 의욕이 없었다. 그런 내게 지인이 올린 글과 사진은 아마 당사자도 의도치 않았을 실마리를 주었다. 잘 먹고 몸을 움직이기. 일단 여기부터 변화를 시작하자는 의지가 처음으로 생겨났다.

직접 바디프로필을 찍을 마음은 없었다. 애초에 근육을 만들려는 목적도 아니었고, 식단과 운동을 시작한다고 해도 단백질 파우더나 헬스 트레이닝을 의미한 건 아니었으니까. 건강한 음식을 잘 챙겨먹고 떨어진 체력을 올리고 싶다는 소박한 목표를 세운 정도였다. 그러나 이번에도 문제는 관성이었다. 끼니때가 되면 자연히 배달 앱을 켜고 아침부터 밤까지 누워 있는 생활에 익숙해진 몸이 변화를 거부하고 자꾸만 되돌아가려 했다. 나는 결국 배수진을 치기로 했다. 3개월 뒤로 바디프로필 촬영을 예약하고, 선금도 입금하고, 그 결심을 주변에 알리고 다니는 나답지 않은 짓을 저지른 것이다.

그 기간에 내가 했던 준비는 딱 두 가지였다. 하루 한 끼는 요리해 먹고 하루에 만 보 이상 걷기. 내 목표는 사진을 찍는 순간이 아니라 그 과정에서 만들어질 작은 습관들이었다. 고작 3개월 만에 번아웃이 사라졌다고 하면 거짓말이리라. 하지만 맛과 영양소를 따져가며 식재료를 준비하고, 바로 집 근처에 있음에도 한참동안 못 갔던 공원을 매일 찾아 걸으면서 나는 잃어버렸던 활력이 아주 조금씩 돌아오고 있음을 느꼈다.

바디프로필 촬영은 생각보다 재미있었다. 이런 작업을 수백 번 해봤다는 베테랑 사진작가도 나처럼 머리부터 발끝까지 꽁꽁 싸맨, 노출이라곤 찾기 힘든 의상을 준비한 사람은 처음 봤다며 흥미로워했다. "진짜 다 입고 찍을 거예요? 신발도 안 벗어요?"라는 질문에 "네!"라고 답하며, 나는 천이 넉넉하게 들어간 상하의에 운동화 끈을 단단히 여미고 카메라 앞에 섰다. 전문가가 포즈를 잡아주고 슬쩍 보정도 해준 덕분에 결과물은 꽤 마음에 들게 나왔다.

커다란 포스터 사이즈로 받아온 사진은 쑥스러워서 아직도 상자째 방치되어 있지만, 가끔 청소를 하다 발견하면 슬며시 웃음이 나온다. 그 안에 담긴 것은 사진 한 장이 아니라 식단과 운동 그리고 회복의 기억이니까.

어떤 일을 하든 정체기가 오면

무작정 버티기보다 방법에 변화를
줘보는 편이 효과적이라고 한다.

번아웃 극복에 가장 필요한 건
당연히 멈춤과 휴식이겠지만

쉬는 것만으로 충분하지 않을 땐

일상의 작은 변화가 큰 도움이 될 수도 있다.

꿈과
일과
생활이
있는 삶

ᴗ

내가 가장 좋아하는 철학자는 버트런드 러셀이다. 그의 저서 중
에서 가장 좋아하는 책은 《게으름에 대한 찬양》이다(제목만 봐
도 애정이 솟아나지 않는가!). 인권과 평등, 교육에 대한 러셀의 글은
그가 한 세기 전에 살았던 사람임을 믿기 어려울 정도로 진보적
이다. 아이를 키우는 부모들의 자유와 권리를 위해 모든 주거용
건물에 전문 육아시설과 널찍한 놀이공간을 마련해야 한다는
부분을 보면 요즘 신축 아파트에 하나씩 설치되고 있는 자그마
한 어린이집들이 오히려 구시대적으로 보일 지경이다. 이 외에
도 노동자의 업무시간을 줄이고, 학생들의 교육 수준을 향상시
키고, 다름이 존중받는 사회를 만들어야 한다는 그의 이야기를

읽다 보면 저도 모르게 목이 아프도록 고개를 끄덕이게 된다.

하지만 이 책에서 딱 한 대목, 가사노동에 대한 생각만큼은 개인적으로 다소 반대되는 입장이다. 러셀은 육아와 마찬가지로 요리나 장보기, 설거지 같은 일을 주부가 도맡는 대신 전문가에게 맡기는 시스템을 도입해야 한다고 말한다. 물론 이런 주장의 바탕에는 여성 인권에 대한 문제의식이 깔려 있으며, 주부들의 삶의 질을 향상시켜야 한다는 취지에는 '좋아요'를 100번 눌러도 모자랄 만큼 동의한다. 하지만 아무리 그래도 "집집마다 자기 부엌이 있는 공동 주택 단지들은 철거되어야 한다"라니, 이건 좀 너무 극단적이지 않나?

학생에서 직장인이 되고, 다시 백수를 거쳐 N잡 프리랜서가 되는 동안 나는 항상 일과 꿈의 비중을 두고 고민했다. 로망이 넘치던 학창시절에는 꿈꾸는 일이 곧 직업을 뜻했고, 현실에 눈을 뜬 직장인 시절에는 꿈과 직업이 결코 같이 갈 수 없는 존재라고 믿었다. N개의 우물을 파고 어느 정도 성과를 보기 시작하면서부터는 꿈과 일을 조화시키며 살아가는 방법을 터득했다며 혼자 우쭐하기도 했다. 하지만 극단적인 비수기와 성수기의 굴곡을 지나는 과정에서, 나는 이 고민에 한 가지 필수적인 요소가 빠졌다는 사실을 깨달았다. 그것은 바로 생활이었다. 너무 당연해서 그 중요성을 잊고 있었지만, 사실 먹고, 자고, 시간을 보내는 생활의 영역을 무시한 채 행복을 얻겠다는 건 애초에 말이 되지 않는 목표였다.

　일과 꿈에 대한 생각이 사람마다 다르듯, 이상적인 생활의 모습과 비중에도 정해진 답은 없을 것이다. 나와 친한 지인 중 하나인, 공무원으로 일하는 Y 언니는 집안일을 너무 싫어해서 독립한 집에 옵션으로 딸린 가스레인지를 켜본 적도 없다고 한다. 이 인간이 여기에 얼마나 진심이냐면, 얼마 전에는 무려 서울도시가스에 연락해서 조리용 가스 공급을 끊어버렸단다(난방용 가스와 조리용 가스가 별도라는 이야기도 언니한테 들어서 처음 알았다). 호방한 성격답게 취미는 드라이브고, 평일 저녁에도 훌쩍 차를 몰고 교외로 나가서 한적한 풍경을 감상하며 힐링한다. Y 언니는 열심히 공부해서 원하는 직업을 얻었고, 자신의 일에 자부심을 느끼며, 다달이 나오는 월급 덕에 원치 않는 가사노동을 빼고 원하는 취미활동을 넣어 생활을 꾸려가고 있다. 버트런드 러셀의 '부엌이 철거된 주거단지'가 생긴다면 분명 가장 먼저 입주할 그의 조화로운 일과 꿈과 생활을 나는 진정으로 지지하고 존경한다.

　그러나 내가 조화를 느끼는 생활은 이것과 조금 다른 모습이다. 나는 집안일이 좋고, 그중에서도 특히 요리를 사랑한다. 시장에서 재료를 고르고 신선한 채소가 담긴 장바구니를 품에 안고 돌아와서 손질하는 과정이 일일이 소중하다. 다듬고 남은 자투리 고기를 찌개에 넣는다거나, 먹고 남은 반찬을 잘게 썰어서 다음 날 볶음밥 재료로 남김없이 해치우면 내 안의 쾌감 중추 중 하나인 절약 세포가 짜릿하게 울린다. '절약'이라고는 하지만, 사실 경제적 관점에서 보면 매우 비효율적인 행동임을 안다. 자투리 식재료를 어떻게 활용할지 고민할 시간에 일을 하면 아끼는 비용보다 큰 수익을 올릴 수 있을 테니까. 실제로 기계처럼 일을 하던 시절에는 끼니마다 엄청난 낭비를 했음에도 통장에 돈이 펑펑 쌓였다. 하지만 그것은 내게 조화를 깨는 선택이었고, 그 선택이 초래한 대가는 감당하기 어려울 정도로 가혹했다.

매일 산더미 같은 포장 용기와 음식물 쓰레기를 내다버리고, 집이 눈 뜨고 못 볼 만큼 지저분해지면 가사도우미를 부르고, 청소할 부분을 말씀드린 뒤 멍한 눈으로 키보드를 두드리는 생활로는 다시 돌아가고 싶지 않다. 내 손으로 시간을 들여 쾌적하게 정리한 집에서 정성을 들여 취향대로 만든 음식을 천천히 음미하는 생활을 누리고 싶다. 휴일에는 여기에 와인 한잔을 곁들이고, 뜨개질로 자그마한 소품을 만들며 조용하고 평화로운 시간을 보내는 것이다.

물론 말이 쉽지, 직업을 유지하고 꿈을 좇으면서 생활의 비중을 이 정도로 둔다는 건 어찌 보면 커리어의 성공이나 큰 부의 축적만큼이나 어려운 목표다. 하지만 당장은 이루기 어렵더라도, 최소한 내게 맞는 이상적인 삶의 형태를 알게 되었으니

표류하던 배에 나침반이 생긴 정도의 발전쯤은 이뤄진 게 아닐까?

여기에 더해, 몸과 마음의 고장으로 한동안 반 강제적인 휴식기를 보내면서, 나는 일과 꿈과 생활의 조화에 대해 한 가지 결정적인 단서를 얻게 되었다. 어쩌면 내게 청소기를 돌릴 자유와 뜨개질을 할 권리를 주고, 자투리 재료 활용법을 죄책감 없이 마음껏 고민할 수 있게 해줄 해결책이 그 안에 있을지 몰랐다. 단순한 직업의 개수뿐 아니라 내게 맞는 수입원의 크기와 종류와 비중에 대해, 그때부터 나는 열심히 연구하기 시작했다.

지난 선택에 후회가 많은 편이었다.

하지만 이제는

나를 만들어온 모든 길을
따뜻하게 품어주고 싶다.

지금 걷고 있는, 어찌 보면 중구난방인
이 길을 있는 그대로 사랑한다.

4장

매일 비장하게 살 필요는 없잖아요

불편해도
안 할 수   없는
돈 이야기

그리 오래 살았다고도 할 수 없는 나이지만, 직업생활을 하는 동안 나만큼 다이내믹한 수익구조 변화를 경험해본 사람은 그렇게 많지 않을 것 같다. 직장에 다닐 때는 매달 균일한 월급을 받았고, 프리랜서가 된 후에는 몇 달 주기로 돌아오는 목돈(작업비) 입금일에 맞춰 가계부를 썼으며, N우물을 뚫은 뒤로는 며칠에 한 번씩 입금 문자를 받게 되었다. 한때는 대기업과 중견기업에 다니며 연봉 몇천만 원의 안정적인 소득을 올렸지만 퇴사 후 한동안은 수입이 완전히 끊기면서 사실상 마이너스 생활을 했고, N잡이 성수기에 진입한 뒤에는 직장인 시절 몇 달치 월급이 한 방에 입금되는 경험도 해봤다.

그사이 내가 하는 일의 모습과 의미는 끝없이 변화했지만, 일을 해서 벌어들이는 돈의 모습과 의미는 전혀 변하지 않았다. 어찌 보면 자연스러운 일이었다. 돈의 가장 큰 미덕은 바로 압도적인 객관성 아닌가. 만약 누군가 내게 지금껏 경험한 직업들을 '보람'이나 '재미' 같은 주관적 가치로 비교해보라고 한다면, 아마 나는 한참 고민하다가 결국 답을 내놓지 못할 것이다. 어떤 직업이든 장점과 단점이 있고, 좋을 때와 싫을 때가 있기 마련이니까. 그 수많은 순간을 하나로 뭉뚱그려 저울질한다는 것은 내 부족한 머리와 단호하지 못한 성격으로는 불가능한 일이다. 하지만 돈이라는 잣대를 들이대면 즉시 객관적 평가와 비교가 가능해진다. 월급 300만 원짜리 일은 100만 원짜리 일보다 금전적으로 세 배 가치 있고, 900만 원짜리 일과 비교하면 3분의 1의 가치를 지닌다고 할 수 있을 테니.

　이러한 돈의 객관성을 잘 알기에, 다른 건 몰라도 수입의 액수만큼은 무조건 '다다익선'의 법칙이 적용된다고 생각했다. 돈이란 많을수록 좋은 것이고, 소득이 올라가면 내 삶의 가치도 비례해서 올라간다고 믿었다. 실제로 어느 정도까지는 이 믿음이 옳았던 것 같다. 줄곧 마이너스를 찍던 수입이 플러스로 전환되었을 때, 매달 납부하는 공과금이나 휴대폰 요금이 언젠가부터 부담스럽지 않게 느껴졌을 때, 나는 분명 늘어난 수입에서 오는 행복을 느꼈다.

하지만 뷔페에서 느끼는 만족감이 먹어치운 접시의 수에 비례하는 것은 아니다. 먹는 양이 위장의 한계를 초과하면 만족은 무감각을 거쳐 불쾌함으로 바뀌고, 자칫 잘못하면 탈까지 난다. 마찬가지로, 내가 일상에서 느낀 경제적 만족은 늘어나는 수입과 언제까지나 비례하지 않았다. 행복 그래프가 꺾이는 순간은 분명 서서히 찾아왔을 것이다. 하지만 정신을 차렸을 때 나는 이미 폭식을 해버린 후였고, 돈을 버는 과정과 쓰는 과정 양쪽에서 심한 체기를 느끼고 있었다.

늘어난 통장의 숫자와 반대로 단단히 탈이 나버린 자신을 당혹스럽게 바라보며, 처음으로 돈의 액수가 아닌 의미를 생각했다. 사람들이 돈을 버는 이유는 뭘까? 또 내가 돈을 버는 이유는 뭘까? 그 끝에서 내가 내린 결론은, 생계의 영역을 초과하는 돈의 가치가 대부분 '시간'이라는 사치품을 사기 위해 쓰인다는 것이었다.

돈을 내면 비서나 가사도우미를 고용해서 일을 맡길 수 있다. 소비를 할 때 가격표를 보며 고민하지 않아도 되고, 직접 발품을 파는 대신 음식이나 물건을 집 앞까지 배달시킬 수 있다. 약속 장소까지 걷는 수고를 하는 대신 택시나 자가용을 탈 수 있고, 도심 역세권에 있는 비싼 주거시설에 입주하면 버스나 전철 같은 대중교통도 훨씬 빠르게 이용할 수 있다. 우리는 그렇게 벌어들인 시간으로 하고 싶은 일을 할 수 있다고 배웠다. 집을 정리하거나 최저가를 확인하거나 거리를 걷는 데 쓸 시간으로 더 나은 일, 더 효율적이고 생산적인 일을 할 수 있다는 것이다.

그런데 만약, 내가 시간을 벌어서 하고 싶은 일 중에 비효율적이고 비생산적인 일이 다수 포함되어 있다면 어떨까? 만약 나라는 사람이 누군가를 부리기보다 내 손으로 생활을 꾸리길 좋아하고, 물건을 갖는 순간보다 살까 말까 고민하는 시간을 즐기고, 자동차의 속도보다 산책의 느긋함을 더 좋아한다면, 어쩌면 나의 수입관은 '다다익선'과 조금 다른 방향성으로 나아가야 하지 않을까?

돈이 필요 없다는 얘기도 아니고 최저생계비를 넘어선 잉여 수입이 무가치하다는 얘기도 아니다. 징그럽게도 비인간적인 돈이, 나는 참 징글징글하게 필요하다. 굳이 시장경제의 원리 같은 거창한 명분을 들이댈 것도 없다. 나 또한 어떤 면에서는 의식주를 뛰어넘는 안락함을 매우 사랑하는 사람이니까. 무더위에 땀을 흘리다가 택시 문을 열자마자 밀려오는 상쾌한 온습도, 우리집 식탁에 앉아서 뜨거운 치킨과 피자를 배달시켜 먹는 편안함, '내가 사긴 아깝지만 남이 사주면 기쁜' 소소한 물건들을 아끼는 이들에게 선물할 때 느껴지는 뿌듯함은 결코 포기하고 싶지 않은 인생의 낙이다.

그래서 나는 돈을 벌고 있고, 앞으로도 열심히 벌 것이다. 다만 나의 경제활동을 지배하는 법칙이 조금 바뀌었을 뿐이다. 적게 일하고 많이 벌 수 있다면 당연히 베스트일 것이다. 하지만 내 능력으로 이런 목표를 달성할 수 있다는 보장이 없으므로, 나는 늘 그렇듯 상대적으로 안전한 플랜 B를 동시에 마련해두었다. 적당히 일하고 적당히 벌되, 장기적으로 총 수입 안에서 자동수익의 비중을 조금씩 늘려나가는 것. 이것은 돈과 시간이라는, 동등하게 중요한 두 마리 토끼를 모두 잡기 위해 내가 택한 새로운 전략이었다.

좋아하는 영화, <세 얼간이>에는
이런 대사가 나온다.

하지만 현실을 살아보니 꼭 그렇지는 않더라.

그러나 내게 맞는 수익구조를 잘 찾고 갖춘다면

평범한 사람이라도 돈과
소모적인 추격전을 펼치는 대신

사이 좋은 공생관계는 만들 수 있을 것 같다.

자동수익,
가깝고도   먼
그 이름

⌣

'자동수익'이라는 말 자체는 이제 별로 낯설지도 않은 개념이 되었다. 서점이나 유튜브를 보면 자동수익 내는 법을 알려준다는 책과 영상들이 쌓여 있고, 이런 콘텐츠들은 저마다 이모티콘이며 전자책, 쇼핑몰 같은 아이템을 통해 누구나 일하지 않아도 꾸준히 수익이 나오는 파이프라인을 만들 수 있다고 강조한다. '설마 그런 게 되겠어?' 싶으면서도 들을 때마다 저도 모르게 귀가 솔깃한 건, 역시 '자동'이라는 단어가 지닌 거부할 수 없는 매력 때문일 것이다. 땅을 아무리 파도 10원 한 장 안 나오는 냉혹한 자본주의 사회에서 일을 하지 않고도 돈을 벌 수 있다니! 취업이든 사업이든 아르바이트든, 자기 손으로 돈을 벌어본 사람은 이게 얼마나 대단한 이야기인지 알 수밖에 없다.

그럼에도 불구하고, 막상 현실을 보면 이런 꿀단지를 안고 있는 사람이 생각보다 많지 않다. 당장 주변 사람들을 떠올려 봤을 때, 자기 손으로 만든 자동수익원을 통해 유의미한 소득을 올리는 이들이 얼마나 있는가? 최소한 내 주변에는 거의 없다. 소득은 고사하고, 이 분야에 진지하게 도전하는 사람조차 찾기가 쉽지 않다. 누가 봐도 매력적인 기회에 정작 뛰어드는 사람이 없는 건 어째서일까? 누구나 파이프라인을 통해 자동으로 수익을 올릴 수 있다고 말하는 저자와 강사들이 모두 거짓말쟁이인 걸까?

물론 개중에는 관심을 끌려는 목적의 사기성 콘텐츠도 있겠지만, N잡의 길목에서 다양한 종류의 수입원을 체험해본 사람으로서 나는 그들의 이야기가 어느 정도 진실이라고 생각한다. 인터넷 덕분에 사업이나 창작 같은 아이디어를 소자본 혹은 무자본으로 누구나 실현할 수 있게 된 지금, 자동수익을 창출할 기회가 모두에게 평등하게 주어진 것은 맞다. 문제는 기회비용이다. 인간에게 주어진 시간은 한정되어 있고, 어떤 일에 도전하려면 다른 일에 투자할 시간을 가져다 써야 한다. 그리고 내 경험상, 자동수익을 창출한다는 일들은 대개 절대적인 수익성이 썩 좋지 못하다. 허울은 좋지만 막상 알아보면 생각보다 품이 많이 들고, 유의미한 돈벌이가 될 가능성은 매우 희박하다. 자동수익에 도전하거나 관심을 갖고 공부해본 이들 중 상당수가 끝내 포기를 택하는 건 아마도 이런 배경 때문일 것이다.

나 또한 비교적 최근까지는 자동수익에 큰 흥미를 두지 않았다. 리스크를 극도로 회피하는 성향 탓도 있었지만, 직접 한 경험이 가장 큰 이유였다.

내가 처음으로 '자동'이라고 할 수 있는 수입을 맛본 것은 N잡의 길로 막 들어섰을 때였다. 일감이 없던 번역가 지망생이 절박하게 건드린 '독립출판'이라는 우물이, 역시 제작비가 없어 궁여지책으로 선택한 '전자책'이라는 수단과 만나면서 매달 수익금을 가져다주었던 것이다. 약 2년 동안 단 한 번도 매출이 제로를 찍은 달은 없었고, 실물이 존재하지 않는 전자책의 특성상 파손이나 인쇄 오류 같은 문제에 신경을 쓸 필요도 없이 또박또박 입금만 챙길 수 있었다. 이런 면에서 보면 번역서 전자책은 분명 훌륭한 자동수익원이었다.

하지만 한 달에 1만 원이 될까 말까 한 매출액은 수익적으로 매력적이지 못했다. 변변한 수입원이 없던 프리랜서 초창기에는 그나마 몇 끼 분의 라면 값만 벌려도 감사했지만, 슬슬 다른 일에서 성과가 나오고 내 시간의 금전적 가치가 올라가자 이 우물을 계속해서 팔 이유가 없어졌다. 같은 시간에 강연이나 기업 외주를 받으면 한 방에 훨씬 큰돈을 만질 수 있는데, 고작 몇 푼을 기대하며 원고를 발굴하고, 번역하고, 코딩하며 몇 주를 쏟아 붓는다는 건 그야말로 바보짓처럼 느껴졌다.

그 뒤로도 나는 알게 모르게 다양한 자동수익의 기회를 접했다. 성격상 한 번에 정해진 돈이 들어오는 계약을 선호했지만, 때로는 고객의 요구나 업계의 룰 때문에 장기적으로 수익을 배분하는 러닝 개런티 조건을 택해야 할 때도 있었기 때문이다. 출판이든, 기고든, 영상이든, 이런 수익구조를 지닌 일들은 하나같이 리스크가 컸다. 운 좋게도 작업한 콘텐츠가 잘나가면 한동안 윤택한 수입이 들어왔다. 하지만 그렇지 못하면 정산 때마다 본전 생각이 나는 빈약한 숫자에 한숨을 쉬어야 했고, 통계적으로 대박보다는 쪽박의 가능성이 훨씬 컸다. 이런 경험이 반복되며 나는 자연히 자동수익이라는 말에 흥미를 잃었고, 어지간히 흥미롭거나 도저히 거절할 수 없는 경우가 아니면 최선을 다해 금액이 확실한 '수동수익'을 추구하게 되었다.

그 생각을 다시 돌아보게 된 계기는 번아웃이었다. 유일한 자본인 몸이 망가지면서 달리고 싶어도 달릴 수 없게 되었을 때, 나는 한동안 수입에 대한 욕심을 놓아야 한다고 생각했다. 그때 내게는 이미 유튜브나 온라인 강의를 비롯하여 괜찮은 수입이 나오는 두어 개의 굵직한 자동수익원이 마련되어 있었다. 하지만 매달 들어오는 수익이 들쭉날쭉한 데다, 월세와 생활비에 더해 프리랜서로 일하며 늘어난 각종 고정비용(다달이 결제되는 프로그램 사용료, 세무 대리를 비롯한 인력 비용 등)을 감안하면 쉬는 기간에 비례해서 조금씩 마이너스가 늘어날 가능성이 컸다. 하지만 이런 상황도 결국은 스스로 몸을 혹사시킨 내 업보이니, 벌을 받는 셈 치고 받아들일 수밖에 없었다.

나는 그렇게 다소의 현실적인 불안을 안고 회복의 여정을 시작했다. 그 기간 동안 아무것도 하지 않는 텅 빈 시간을 마주하기도 하고, 운동이나 바디프로필처럼 새로운 시도를 해보기도 했다. 초반에 염려했던 대로, 번아웃은 몇 주 몇 달을 쉰다고 물러가는 간단한 증상이 아니었다. 하지만 예상보다 자꾸 길어지는 멈춤의 시간을 보내면서, 나는 한 가지 뜻밖의 사실을 마주하게 되었다. 마이너스가 없었다. 특별히 지출 규모를 줄이지 않았는데도 쉬는 동안 통장 잔고가 줄어들지 않았던 것이다.

모든 우물의 가치는 사람에 따라 상대적이고

같은 우물이라도 시기에 따라 의미가 변한다.

지금도 실시간으로 사라지는 우물이 있지만

그 이별이 아쉽거나 허무하지 않은 건

언제라도 다시 만날 수 있음을 알기 때문이다.

매출이 같아도
수익은 다른
당연한 이유

N잡 중에서 '작가'라는 직업을 통해, 나는 지난 몇 년간 총 여섯 권의 책을 냈다. 모두 기성 출판사와 인세 계약을 맺는 형식이었다. 내가 원고를 넘기면 출판사 측에서 책을 제작하고 유통한 뒤 판매 수익을 계약서에 정해진 비율대로 나눠 가졌다.

나는 개인적인 성격상 직접 쓰는 책에 대해서는 독립출판(직접출판)보다 기성 출판사와의 협업을 선호한다. 효율적이라는 메리트도 있지만, 무엇보다 출간 과정에서 다양한 사람들의 시각을 확인할 수 있다는 장점이 크기 때문이다. 저자에게 자신이 쓴 책은 자식과도 같다. 사랑하는 만큼 수익성을 객관적으로 보기가 어렵다는 뜻이다. 저자들은 세상에서 제일 예쁘고 사랑스러운 본인의 저서가 언제까지나 제작되고 판매되길 바란다. 하지만 출판사는 숫자와 그래프를 통해 인쇄 여부와 수량을 냉정하게 결정한다. 생계형 창작자로서, 나는 마음이 아프더라도 내 콘텐츠의 수익성과 평가를 직시하길 원하는 타입이며, 그런 의미에서 전문가들이 매출 그래프를 바탕으로 내린 결정을 확인하고 받아들이려 노력한다.

내 자식들 중에서도 어떤 아이는 재쇄를 거듭하며 지금까지 팔리지만, 어떤 아이는 기대를 밑도는 판매고 탓에 추가 인쇄라는 행운을 누리지 못했다. 이런 경우는 아쉽지만 출판사의 판단을 존중하고, 좋은 경험이 되었으나 파이프라인으로는 연결되지 못했던 우물을 조용히 묻어야 했다. 아니, 그렇게 했다고 생각했다. 수익활동을 멈추고 휴식기를 갖기 전까지는.

그때까지의 내가 그 아이들의 전자책 버전이라는 옵션을 왜 신경 쓰지 않았는지, 지금 돌이켜보면 그 이유는 결국 독립출판으로 경험했던 번역서 전자책 때와 같았다. 수익이 너무 적었다. 출간 상품의 메인 격인 종이책은 한번 인쇄될 때마다 최소 천 부 단위로 찍혀 나오고, 자연히 내 통장에 찍히는 인세도 최소 100만 원 단위가 된다. 하지만 보통 종이책과 함께 제작되는 전자책은 똑같은 내용임에도 여러 가지 이유에서 절대적인 매출 비중이 확 떨어진다. 일단 시장 자체가 작고, 전용 단말기나 앱이 필요한 만큼 진입장벽도 높으며, 가격 또한 낮게 책정된다. 아무래도 제작과 판매에 전문가의 손길이 들어간 만큼 초짜 번역가가 얼기설기 만든 것보다는 매출 면에서도 조금 나았지만, 그래도 여전히 제대로 된 수입원이라고 보긴 어려웠다.

얼마 전 모 출판사에서 보내온 인세 정산서에 따르면, 내가 쓴 책 한 권의 전자책 매출액은 약 65만 원이었고, 나는 그중에서 약 25만 원을 배분받았다. 나쁘지 않은 숫자 아니냐고? 이게 월 매출이라면 그럴 것이다. 하지만 내가 받은 25만 원은 반기, 즉 6개월 동안 팔린 책에 대한 정산금이었다. 한 달로 따지면 5만 원도 안 되는 이 숫자는 매일같이 큰 단위의 입금 알림을 받던 시절 내 시선을 거의 끌지 못했다. 제작을 맡았던 출판사 담당자도, 수입 신고를 전담한 세무사도, 한 번도 전자책 매출에 대해 언급한 적 없었다. 이 우물이 지닌 자동수익원으로서의 매력을 나는 그래서 간과했던 것이다.

하지만 이런 푸대접 속에서도 전자책은 꾸준히 소량의 물을 퍼 올렸다. 그리고 시간이 지난 뒤, 종이책 인쇄가 중단되고, 내가 불가항력으로 일을 멈추었을 때, 그때 비로소 자신의 진짜 가치를 증명했다. 화려한 장미 정원에 핀 한 송이 풀꽃처럼, 굵직한 수익원 사이에서 전자책의 소박한 매출은 눈에 잘 띄지 않았다. 하지만 장미들이 신기루처럼 사라진 뒤 우연찮게 관찰한 이 꽃의 매력은 생각을 훨씬 뛰어넘었다. 알고 보니 내가 만든 전자책은 생김새만 오밀조밀 귀여운 게 아니라 튼튼하고, 향기도 좋고, 뿌리에 약효까지 있는 알짜 풀꽃이었던 것이다.

다른 수입원이 끊겼다는 직접적인 이유 외에도, 휴식기를 보내는 동안 내 전자책들이 작지만 유의미한 자동수익원으로 활용될 수 있었던 데는 크게 두 가지 추가적인 이유가 있었다.

첫째, 작은 티끌이 모여 큰 티끌이 되었다. 전자책 한 권의 매출은 용돈을 넘어선 수입원이 되기에 모자랐지만, 몇 년 동안 권수가 쌓이며 몸집이 조금씩 불어났다. 한 달에 몇만 원 선인 권당 매출액이 합쳐지면서 생각보다 짭짤한 규모로 커진 것이다. 이것만으로 생활을 하기는 어려워도, 가계부의 소소한 구멍을 메우는 데는 충분히 요긴한 액수였다.

하지만 이보다 더 중요한 것은 바로 두 번째 이유였다. 찬찬히 따져보면, 내가 독립출판으로 냈던 전자책과 저서를 쓰면서 함께 출간한 전자책에는 매출을 뛰어넘는 결정적 차이가 있었다. 그것은 바로 투입된 시간과 에너지였다. 첫 전자책을 만들 때, 나는 번역과 제작에 몇 주를 온전히 투자했었다. 하지만 종이책을 만들며 함께 나온 두 번째 전자책에는 시간을 거의 쓰지 않았다. 어차피 만들 종이책을 디지털화해서 추가 판매하는 것뿐이었으니까.

이 두 사례의 차이가 보여주는 메시지는 분명했다. 중요한 것은 매출 자체가 아니라 비용 대비 매출이었던 것이다. 아이템

자체는 동일한 '전자책'이었지만, 투자한 시간이 너무 컸던 첫 번째 자동수익원은 2년 내내 매출이 나와도 실질적인 비용조차 회수하지 못했다(같은 시간에 최저시급 아르바이트를 했어도 더 많은 돈을 벌었을 테니까). 그러나 투자가 적었던 두 번째 자동수익원은 본전을 생각하지 않고 판매되는 족족 이익으로 계산할 수 있었다.

전자책은 하나의 예시에 불과하다. 쇼핑몰이든, 이모티콘이든, 유튜브든, 매출이 같을 때 비용이 늘어나면 이익이 줄어들고, 비용이 줄어들면 이익이 늘어난다는 건 기초적인 경제 원리니까. 그리고 이러한 비용 최소화 전략의 가장 큰 강점은 리스크 통제와 안정성이다.

매출을 키워 절대적인 수익을 올리는 전략은 한 번에 큰 이익을 노릴 수 있는 반면 실패할 리스크도 크다. 특히 자원과 노하우가 부족한 초심자 입장에서 한 번에 월 수백만, 수천만 원이 나오는 자동수익원을 단번에 만들어낼 가능성은 현실적으로 희박하다. 클래스나 유튜브처럼 수익성이 괜찮은 자동수익원을 갖고 있는 나조차도 같은 방법으로 다시 한번 도전했을 때 확실히 성공한다는 보장은 못 한다. 그러나 비용을 줄이는 전략은 리스크가 적은 만큼 상대적인 안정성을 보장할 수 있다. 단기간에 일확천금을 노리기는 어려워도, 멀리 내다보고 지속가능한 시행을 쌓아가는 방식으로 수익 규모를 꾸준히 늘려갈 수 있는 것이다.

여기에 풀꽃이 홀씨를 퍼뜨리듯 작고 소중한 수익원의 잠재력을 끌어올리는 몇 가지 터치를 더한다면, 같은 시행에서 기대할 수 있는 성공의 확률과 규모는 더욱 커지게 된다.

숫자 면에서는 정확히 같은 금액이라도

자동수익과 노동수익의 실질적 가치는 다르다.

여기에 실물 자산을 유지하는 비용까지 감안하면

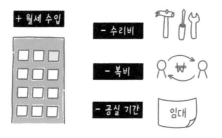

무형의 파이프라인이 창출하는
자동수익의 실질 가치는 훨씬 크다고 할 수 있다.

루이비통과
사찰음식의
관계

⌣

유형의 물건이든 무형의 콘텐츠이든, 어떤 상품을 만들려면 시간과 자본을 포함한 비용이 들어간다. 이렇게 만들어진 상품을 판매하면 매출이 나오고, 총 매출에서 총 비용을 제하면 순이익이 남는다. 판매자가 가져가는 것은 결국 매출이 아니라 순이익이다. 아무리 매출이 높은 상품이라도 비용이 많이 들면 순이익은 마이너스가 되고, 반대로 매출이 낮아도 들어간 비용이 없다면 순이익은 플러스로 전환된다.

아이러니한 일이지만, 가진 자원이 많은 사람일수록 고비용 고매출 전략이 효과적이다. 예산이 충분하다면 근사한 상품을 제작하고 대대적으로 홍보해서 판매량을 늘릴 수 있다. 연예인

같은 유명인들은 그 유명세를 활용해 수많은 잠재 고객에게 접근할 수 있으니 역시 무엇이든 대량으로 유통하는 편이 유리하다. 독보적인 아이디어, 뛰어난 재능, 넓은 인맥, 사회적인 권위나 영향력… 어떤 것이 되었든, 높은 매출을 이끌어낼 능력과 자신감을 갖춘 이들은 초기부터 많은 비용을 투입해서 판을 크게 벌일 유인이 충분하다.

하지만 세상 사람들이 모두 이런 자원을 갖고 출발하는 것은 아니다. 그저 그런 능력과 부족한 자신감을 가지고, 그럼에도 불구하고 지금의 삶을 조금 더 나은 곳으로 데려가기 위해 고군분투하는 보통 사람들에게 고비용 고매출 전략은 리스크가 너무 큰 선택이다. 자동수익의 경우에는 더욱 그렇다. 앞에서 설명했듯, 자동수익 아이템은 일반적으로 노동수익에 비해 한 번에 큰 이윤을 남기기 어려운 구조이기 때문이다. 이런 상황에서 돈이든 시간이든 비용을 무리하게 쓴다면 이익은 고사하고 나의 첫 번째 독립출판처럼 몇 년씩 매출이 나와도 적자 상태에 머무르기 십상이다.

그런 의미에서, 보통 사람이 택할 수 있는 가장 확실하고 안전한 자동수익 창출 전략은 어떻게든 매출 대비 비용의 비중을 줄이는 것이다. 매출이 적게 나올 가능성이 크다는 사실을 인정하고, 그럼에도 이익이 나올 수 있도록 제작에 들어가는 자원을 최소화해야 한다. 이런 식으로 접근하면 실제로 매출이 작아도 소소한 플러스를 쌓아갈 수 있고, 만에 하나라도 예상을 뛰어넘는 매출이 나오면 '중박'의 기쁨이나 대박의 희열을 누릴 수 있다.

어떻게 하면 비용을 줄일 수 있을까? 가장 직접적인 방법은 예산과 시간을 최소화할 수 있는 아이템을 찾는 것이다. 그리고 이런 아이템을 찾는 가장 쉽고 확실한 방법은 자신의 주위를 둘러보는 것이다. 자동수익으로 쪽박부터 대박까지 골고루 맛본 당사자로서, 진짜 돈이 되는 자동수익의 기회는 다른 누구도 아닌 나 자신의 주변에 있다고 확신한다. 남들이 말하는 대박의 경험은 아무 의미가 없다. 나의 대박은 오직 나의 아이템에서 나온다.

이모티콘 시장을 예로 들어보자. 처음부터 그림을 좋아하고 태블릿이나 포토샵 같은 프로그램을 다룰 줄 아는 사람이 시장 진입을 노린다면 단기간에 기본적인 제작 방법만 익히고 즉시 상품을 양산해낼 수 있을 것이다(이모티콘 제작법을 알려주는 콘텐츠는 말 그대로 사방에 널려 있다). 투자한 비용이 적은 만큼 손익분기점이 극도로 낮아지고, 몇 건의 판매만으로도 이익이 생기기 시작한다. 반면 그림이나 포토샵에 아무런 지식도 관심도 없던 사람이 누군가의 대박 소식에 혹해서 무작정 이 바닥에 뛰어든다면, 각종 기기와 프로그램을 구입하는 돈은 말할 것도 없고 낯선 분야를 배우고 시행착오를 겪는 데 상당한 시간을 투자할 수밖에 없다. 그 기회비용을 전부 회수하려면 몇천 원짜리 이모티콘을 대체 몇 개나 팔아야 할까?

다른 모든 분야도 마찬가지다. 회사에서 마케터로 일하는 사람이 마케팅 관련 전자책을 낸다면, 직접 아이를 키우는 엄마가 육아용품 쇼핑몰을 시작한다면, 평소 주식투자에 관심을 갖고 꾸준히 공부하던 사람이 여기서 얻은 인사이트를 영상으로 만든다면, 구상과 시장조사에 필요한 시간을 대폭 줄일 수 있는 만큼 손익분기점이 큰 폭으로 낮아진다.

이렇게 직접적으로 투자되는 자원을 줄이는 전략에 하나의 아이템을 알뜰살뜰 활용하는 '원 소스 멀티 유즈'까지 더한다면 비용 효율은 더욱 극대화된다. 본인의 상황에 맞춰 어떤 자동수익 아이템을 구상했다면, 처음 떠오른 수익원을 넘어서 같은 소재로 가지 칠 수 있는 분야를 최대한 넓게 알아보는 것이다.

내가 쓴 전자책은 현재 교보문고, 예스24, 리디북스, 알라딘을 비롯한 온라인 서점에서 판매 중이며, 네이버 시리즈나 카카오페이지 같은 콘텐츠 스트리밍 서비스에서도 유료로 제공되고 있다. 책 자체뿐만 아니라 퍼블리와 밀리의서재 등의 큐레이션 서비스를 통해 요약 콘텐츠와 오디오북 매출이 별도로 나오고, 그 내용을 바탕으로 강연이나 기고 일감을 받으면 역시 추가 수입이 발생한다. 책이 나올 때마다 유튜브와 SNS에 낭독 및 소개 콘텐츠를 올리면 본 상품의 홍보가 되는 동시에 조회수에 따른 광고 수익이 생긴다. 우물을 파는 데 들어가는 수고를 조절

하는 것도 중요하지만, 이처럼 같은 우물에서 뻗어나갈 파이프라인의 수를 늘리면 궁극적인 비용이 효과적으로 낮아진다.

명품 브랜드 루이비통은 할인을 하지 않는 것으로 유명하다. 물건이 남으면 가격을 낮춰서 판매하는 대신 재고를 전부 태워버리더라도 높은 가격을 유지한다는 것이다. 이 과감한 전략의 바탕에는 오랜 세월에 걸쳐 쌓은 신뢰와 럭셔리한 이미지, 그리고 넘치는 예산이라는 자원이 자리 잡고 있다. 모두가 알다시피, 그들의 고비용 고매출 전략은 큰 성공을 거두었다.

그러나 내가 자동수익 아이템을 구상할 때 떠올리는 것은 루이비통이 아니라 사찰음식이다. 재료의 모든 부분을 남김없이 사용하고, 자투리 껍질과 뿌리도 알뜰하게 모아 채수를 우려내고, 마지막에 나온 찌꺼기마저 밭에 주는 거름으로 활용하는 것이 사찰음식의 조리법이다. 이렇게 만들어진 음식은 감사한 마음으로 먹고, 그릇에 묻은 밥풀과 양념까지 싹싹 닦아 '발우공양' 한다. 정성껏 만든 상품의 희소가치를 극대화하는 루이비통의 전략은 물론 훌륭하지만, 낭비를 지양하는 사찰음식의 정신 또한 재료를 존중하고 귀하게 여기는 마음가짐이라 생각한다. 보통의 내게 어울리는 가장 현실적인 방식이기도 하고 말이다.

말하지
않으면

아무도
모르니까

⌣

번역가 지망생을 대상으로 온라인 클래스를 진행해보지 않겠
냐는 제안을 받았을 때, 내가 가장 먼저 떠올린 질문은 '나만이
줄 수 있는 지식이나 정보가 있는가?'였다. 이 분야에서 나름 먹
고살 만큼 자리를 잡은 건 사실이지만, 누군가를 가르친다는 건
단순한 경력만으로 되는 일이 아니기 때문이다. 나는 알고 있었
다. 세상에는 나보다 더 긴 경력과 많은 역서, 높은 인지도를 가
진 베테랑 번역가가 수두룩하다는 사실을. 강사로서 유익한 시
간을 제공하기 위해, 판매자로서 돈을 내고 들을 가치가 있는
상품을 만들기 위해, 나는 기성 번역가라면 누구나 가르쳐줄 수
있는 내용 외에 차별화 포인트가 필요하다고 판단했다.

고민 끝에 기획한 클래스는 크게 두 파트로 나뉘었다. 출판번역의 이론과 기술을 알려주는 초반 부분과 신인 입장에서 수익을 창출하고 인지도를 다지는 팁을 전하는 후반 부분이 그것이었다. 초반부 내용이 번역을 공부하고 실무를 하며 쌓은 정석을 바탕으로 구성됐다면, 후반부는 '좋게 말해 지망생, 솔직히 말하면 백수' 시절에 체득한 생계 밀착형 조언으로 채워졌다. 기라성 같은 선배들의 강의 사이에서 내가 선택한 차별점은 아등바등 일감을 따내며 얻은 우여곡절과 시행착오의 경험이던 것이다.

바로 그 부분에 녹여냈던, 경험을 바탕으로 한 조언 중 하나가 '개인 SNS를 운영하길 추천한다'는 것이었다. 신인 입장에서 가장 아쉬운 자원 중 하나가 바로 인지도인데, SNS를 통해 자신을 알리고 활동을 기록했을 때 그렇지 않은 동료(혹은 경쟁자)에 비해 눈에 띄는 강점이 생긴다는 사실을 직접 체험했기 때문이다.

그런데 클래스 런칭 직후부터, 수업에 딸린 코칭 세션을 통해 이 조언에 대한 똑같은 취지의 질문이 끝없이 들어왔다.

"SNS를 꼭 해야 하나요? 저는 성격상 그런 걸 잘 못해서요…."

SNS를 유달리 어려워하는 성격이 있다는 사실을 잘 안다. 다른 누구도 아닌 내가 그런 성격이니까. 우리 같은 사람들은 남들 앞에서 자신을 드러내거나 개인사를 시시콜콜 공개하길 꺼린다. 부끄러움에 더해 생각이 너무 많은 탓이다. 사진 한 장, 글 몇 줄을 올리고 나서 하루 종일 '괜히 올렸나?', '너무 허세 같았나?', '누가 물어보지도 않은 이야기를 괜히 한 거 아냐?' 같은 상념에 머리를 쥐어뜯는 우리에게 실시간으로 공유되는 소셜 네트워크 서비스는 남들에 비해 상당히 높은 진입장벽이다.

그럼에도 불구하고, 나는 질문을 보내온 분들에게도 가능하면 SNS에 도전해보라고 일관되게 조언하는 편이다. 익명으로 해도 좋고 사생활을 공개하지 않아도 좋으니 일단 시작해보자고, 도저히 엄두가 안 나면 하다못해 계정이라도 만들어두자고 설득하며 온갖 플랫폼을 거의 영업하다시피 추천한다(당연히 그 모든 플랫폼은 나와 일절 관계가 없다).

내가 전하고 싶은 것은 SNS의 재미가 아니라 이를 통해 얻을 수 있는 퍼스널 브랜딩의 효용이다. 한 사람에 대해 일관되고 진정성 있는 이미지를 전달하고, 궁극적으로는 그의 이름이나 존재만으로도 신뢰를 주는 퍼스널 브랜딩은 경력을 쌓고 수익을 창출하는 모든 분야에서 다른 무엇으로도 대체할 수 없는 가치를 지닌다. '애플'은 세련됨, 정교함, 높은 가격과 뛰어난 성능이라는 브랜드 이미지를 가지고 있다. '이케아'는 심플함, 감성적, 가격 대비 우수한 제품이라는 브랜드 이미지를 각인시켰다. 우리는 애플이나 이케아의 로고를 보자마자 그 상표가 붙은 물건의 특성을 머리에 그릴 수 있다. 만약 당신의 이름과 존재가 잠재적인 고객들에게 이런 효과를 불러일으킬 수 있다면, 많은 일이 훨씬 빠르고 쉬워지지 않을까?

SNS가 퍼스널 브랜딩의 유일한 수단은 아니다. 하지만 우물파기를 막 시작하는 새싹들에게 가장 쉽고 확실한 방법인 것만은 분명하다. 이미 대표적인 작품이나 경력을 갖춘 베테랑은 지나온 역사 자체가 브랜드이니 굳이 자신이 어떤 사람이며 어떤 일을 하는지 알릴 필요가 없다. 이들에게 SNS는 해도 그만 안 해도 그만인 선택사항이다. 하지만 이제 막 역사의 출발점에 선 신인에 대해서는 누구도 아무것도 알지 못한다. 알리려 해도 구구절절 긴 설명이 필요하며, 대부분의 경우에는 그 설명의 기회조차 주어지지 않는다. 그런 이들에게 공짜로, 별도의 학위나 자격 없이, 원할 때마다 무제한으로 자기 PR을 할 수 있는 플랫폼이 존재한다는 건 어찌 보면 이 팍팍한 시대의 몇 안 되는 축복이다.

처음부터 완성형일 필요는 없다. 많은 팔로어를 거느린 인플루언서가 되라는 것도 아니다. 그 공간을 통해 당신이 어떤 사람인지, 어떤 꿈을 꾸고 그 꿈을 위해 어떤 일을 하고 있는지 진솔하게 말해준다면 그걸로 충분하다. 하지만 말하지 않으면 아무도 모른다. 내가 그냥 백수가 아니라 5년 일한 회사를 나와 프리랜서 번역가를 꿈꾸는 백수이며, 그중에서도 책과 글과 그림을 좋아하는 백수라는 사실은 스스로 말하기 전까지 누구도 몰랐다. 마찬가지로 당신이 그냥 직장인이나 그냥 엄마가 아니라 요리하는 직장인이고 운동하는 엄마라는 사실은 말해주지 않으면 아무도 알 수 없다. 이런 말들이 쌓여서 이미지가 되고, 그 이미지가 쌓여서 브랜드가 탄생하는 것이다.

이러한 브랜딩 과정은 한편으로 N우물 자동수익 전략 중 하나인 비용 절감과 원 소스 멀티 유즈의 실질적인 초석이 된다. 처음부터 책을 쓰는 것보다는 블로그에 틈틈이 쓴 글을 모아서 발행하는 편이, 어떤 기술을 갖추기만 할 것이 아니라 공부해서 성장한 과정까지 일일이 콘텐츠로 삼는 편이 시간 면에서나 효율 면에서나 높은 수익성을 뽑아낼 테니까.

혹시 이 모든 효과를 단 하나도 보지 못한다 해도, SNS 운영은 그 자체로 잠재적 고객에게 긍정적 인상을 심어줄 수 있는 일종의 스펙이다. 능력과 재능만큼이나, 어쩌면 그 이상으로 홍보의 중요성이 강조되는 사회에서 개인 채널을 통해 결과물을 함께 홍보하겠다고 어필하는 것은 그 자체로 차별화된 '애티튜드'다. 계정을 만드는 정도의 노력만으로 이 정도의 효용을 기대할 수 있고, 잘 활용하면 무한한 잠재력이 발휘되는 브랜딩 수단이 된다. 모두에게 쉽고 재미있는 수단은 아니지만 그럼에도 그 이상의 가치를 지닌 작은 도전에 대한 이야기를, 나는 오늘도 어떻게든 전하려고 애쓰고 있다.

경력에 플러스가 되는 스펙을 쌓으려면

종류를 막론하고 많은 시간과 노력이 필요하다.

이력서에 쓸 한 줄을 위해 기울여야 했던
그 많은 노력과 비교하면

SNS는 아마도 가장 가성비 좋은 스펙일 것이다.

스트레스에 약한
생물의
정글 생존법

⌣

세상의 직업을 난이도별로 줄 세운다는 건 분명 불가능한 일이다. 모든 직업에는 나름의 장점과 단점이 있고, 사람에 따라 같은 일이라도 느끼는 어려움이 제각각일 수밖에 없다. 하지만 누군가 N년째 N개의 우물을 파고 있는 내게 '지금껏 경험했던 가장 어려운 직업'을 꼽아보라고 한다면, 나는 주저 없이 하나의 대답을 내놓을 수 있다. 그것은 바로 유튜브다.

역시 다소의 개인차는 있겠지만, 내가 만나본 유튜버들의 평균적인 스트레스 레벨은 어떤 직업군보다 높았다. 그들이 일하는 모습을 보면 누구나 이해할 것이다. '1인 미디어'라는 타이틀이 말해주듯, 유튜버는 콘텐츠의 기획부터 출연, 섭외, 편집,

홍보, 하다못해 회계와 고객 관리까지 혼자 감당해야 한다. 일반적인 전업 유튜버들의 평균 업로드 주기는 아무리 늦어도 일주일인데, 이는 한 회를 촬영하고 편집하기도 빠듯한 시간이다.

모든 과정이 순조롭게 진행돼도 촉박하기 그지없는데 그 와중에 변수는 얼마나 많고 폭탄은 또 얼마나 터지는지. 하루 종일 촬영했는데 기기 문제로 음향이 통째로 저장되지 않았다는 사실을 깨달았을 때, 며칠 밤을 새며 완성된 영상을 출연자의 스캔들 같은 돌발적인 사정으로 올릴 수 없게 되었을 때, 기댈 곳 하나 없이 홀로 상황을 수습하는 순간의 당혹감은 겪어보지 않으면 모른다. 이렇게 만든 콘텐츠가 반응을 얻지 못하는 경우도 다반사고, 상대를 상처 입히는 것이 삶의 목적이라도 되는 듯 맹렬히 달려드는 악플러의 공격도 감내해야 한다.

유튜브의 생태계는 말 그대로 정글이다. 물론 힘든 만큼 스스로 만들어낸 결과물에 대한 보람도 크고, 잘되었을 경우 그 어떤 일보다도 큰 보상을 얻을 수 있다. 하지만 그 이면에는 양날의 검처럼 떼어낼 수 없는 어둠이 있고, 이러한 환경은 나 같은 부류에게 특히 큰 어려움으로 다가온다. 여기서 말하는 '나 같은 부류'란 스트레스에 극도로 취약한 사람들이다. 살짝만 건드려도 부서지는 '유리 멘털'에다, 한번 받은 상처는 몇 년이고 되새김질하며, 마음의 독이 쌓이면 기어이 몸에 탈이 나고 마는 유약한 개체들. 이론적으로 볼 때 유튜버는 나의 모든 직업 중에서 가장 맞지 않는 일이어야 한다. 스트레스를 피해 직장에서 도망쳤듯, 유튜브 세상에서도 진작 도태되어 밀려 나왔어야 말이 된다.

하지만 현실은 이론과 조금 다른 방향으로 흘러가고 있다. 나는 유튜브를 그만두지 않았고, 오히려 가장 중요한 직업 정체성이자 수입 파이프라인 중 하나로 삼고 있다. 여전히 유약한 내가 이 정글에서 몇 년째 무탈하게 생존할 수 있었던 비결은 '나만의 기준을 바탕으로 한 균형' 아닐까 싶다.

내가 유튜브를 통해 콘텐츠와 수익을 올리는 방식은 다른 사람들과 약간 다르다. 요즘은 이 분야에 대한 관심이 워낙 뜨겁다 보니, 유튜버가 아닌 사람들도 구독자 수를 보고 대강의 수입을 짐작하는 경우가 많다. 그런 이들이 내 수익구조나 작업 원칙을 들으면 하나같이 놀란다. 유튜버의 돈줄이라고 알려진 혜택을 제 손으로 죄다 처내고 있기 때문이다.

나는 상당수의 영상에 광고를 붙이지 않는다. 특히 라이브 방송이나 가벼운 일상 영상 같은 소통 목적의 콘텐츠는 무조건 광고 없이 올린다. 개인 구독자에게는 어떤 식으로든 금전적 원조를 일절 받지 않는다. 정기적으로 결제되는 유료 멤버십도 운영하지 않고, 실시간으로 현금 후원을 받는 '슈퍼챗' 기능도 사용하지 않는다. 방송을 하다 보면 종종 슈퍼챗을 보내고 싶으니 기능을 활성화해달라는 요청이 들어오지만, 늘 마음만 감사히 받고 있다.

분명히 말하건대, 이런 선택은 절대 고매한 이유에서 나온 것이 아니다. 영상에 붙는 광고와 유료 멤버십, 슈퍼챗은 모두 플랫폼에서 제공하는 공식적인 수익창출 수단이며 이를 통해 돈을 번 사람들은 그저 1인 미디어의 운영자로서 정당한 선택을 했을 뿐이다. 나 역시 이 우물에 뛰어들었던 초반에는 이런 수단으로 수익을 올리려고 마음먹었었다.

채널을 운영하는 과정에서 그 생각을 바꾼 것은 오롯이 내 개인적이고 직업적인 상황 때문이었다. 내 영상을 구독하고 시청하는 사람은 수만 명인데, 그중 일부에게 돈을 받으면 아무래도 채널의 초점이 후원자들에게 맞춰지기 쉽다. 알게 모르게 슈퍼챗을 보낸 사람들의 의견을 우선적으로 보게 되고(기능적으로도 돈을 낸 사람들의 글이 더 위에, 더 오래 노출된다) 멤버십 회원들이 원하는 콘텐츠에 집중하게 될 것이다. 마음이 단단한 유튜버들은 유료 구독자와 일반 시청자, 본인의 가치관 사이에서 적절히 줄타기를 할 수 있겠지만, 부끄럽게도 나는 그렇게 심지가 굳지 못하다. 이런 딜레마로 스트레스가 쌓이면 일을 지속하기 어렵다는 사실을, 나는 퇴사의 경험으로 분명히 알고 있다. 개인 후원을 마다한 건 결국 유리 멘털이라는 개인적인 한계를 포용하며 이 우물의 지속가능성을 유지하기 위한 선택이었다.

광고 없는 영상의 바탕에는 직업적인 특수성이 있다. 내게 유튜브는 N개의 우물 중 하나다. 자연히 전업 유튜버들에 비해 영상 제작에 투자할 수 있는 시간이 한정적이고, 흔히 유튜브의 '공식'이라 불리는 며칠 주기의 업로드 일정을 지키지 못할 때도 있다. 라이브 방송을 비롯한 소통형 콘텐츠는 이런 상황에서도 내 영상을 지켜봐주는 구독자들에 대한 감사의 의미다. 광고를 붙이지 않는 건 그 감사를 표현하는 방법 중 하나로, 적어도 그 시간 동안에는 누구나 마음 편히 소통에만 집중하는 환경을 만들고 싶었다.

이러한 선택으로 놓친 수입은 분명 상당할 것이다. 하지만 그렇기 때문에 유튜브를 꾸준히 해올 수 있었다고 생각하면 그 손해가 아깝게 느껴지지 않는다. 게다가 어떤 관점에서 보면 포기한 수입 이상의 보상을 받고 있는 것 같기도 하다.

내 채널은 평균보다 조회수 대비 구독자 수가 꽤 높다. 우연히 영상을 클릭한 사람들이 높은 비율로 '뒤로 가기' 대신 '구독' 버튼을 눌렀다는 의미다. 이렇게 모인 구독자들 사이의 분위기도 더없이 훈훈하다. 댓글이나 채팅창에도 악플은 거의 찾아볼 수 없고, 모두가 서로를 응원하고 정보를 교류하는 화기애애한 장면이 연출된다. 맹수가 우글대는 정글에서 찾아보기 힘든 이 고요하고 평화로운 채널을, 나와 구독자들은 '유튜브계의 식물 갤러리'라고 칭한다.

이런 분위기와 이미지 덕분인지, 채널의 절대적인 크기에 비해 빅 클라이언트의 러브콜도 잦은 편이다. 내가 지금까지 유튜브를 통해 협업한 고객 명단에는 삼성, LG, 현대 같은 대기업을 비롯하여 전국의 대학교, 공공기관, 이름만 대면 알 만한 조직들이 포함되어 있다. 어떻게 봐도 구독자 10만이 채 안 되는, 책이라는 마이너한 소재를 다루는 유튜버에게 가볍게 연락해 올 곳들은 아니다. 모르긴 몰라도, 이렇게 기업 고객과 협업해서 받은 수입을 합치면 개인 구독자들에게 받지 않은 후원금과 광고비를 뛰어넘는 금액이 나오지 않을까? 그리고 그 숫자보다 더 중요한 것은 이 돈이 딜레마와 스트레스로 나를 짓누르지 않는, 심리적으로 지속가능한 수입이라는 점이다.

사람들은 다양한 이유로 콘텐츠를 소비하는데

때로 겉으로 보이는 콘텐츠의 성격과
실제로 어필하는 가치가 사뭇 다르기도 하다.

독자든 시청자든, 보는 이를 염두에 둔 콘텐츠라면

가치의 기준 역시 만드는 이에서
보는 이로 전환시킬 필요가 있다.

돈 잘 버는 직업,
돈 못 버는 직업

⌣

지금도 내 이름을 검색하면 나오는, 이런 제목을 단 인터뷰가 있다.

　"시급 3만 5천 원? 나이, 학력 전혀 상관없는 직업"

　모 매체와 진행한 진로 소개 인터뷰로, 나는 그날 책을 옮기는 출판번역가로 참여했다. 인터뷰 전체를 보면 알겠지만, 막상 내 입에서 '시급 3만 5천 원'이라는 표현은 한 번도 나온 적 없다. 프리랜서인 데다 N잡러로 일하는 내게 정해진 시급이라는 게 있지도 않지만, 평소 돈 같은 직설적인 소재를 부끄러워하는 편이라 어느 인터뷰에서도 이런 식으로 금액을 얘기하지 않는다. 하지만 그날은 진행자가 금전적인 이야기를 최대한 이끌어내고 싶어 했고, 직접적으로 답하지 않는 내게 우회 질문을 많이 던졌다.

> 진행자 출판번역 단가는 어떻게 되나요?
>
> 나 작업에 따라 200자 원고지 1매당 3,500~4,000원 사이로 책정됩니다.
>
> 진행자 A4 한 장에는 200자 원고지가 몇 매 정도 들어가죠?
>
> 나 대략 8~10매 들어간다고 보시면 돼요.
>
> 진행자 프로 번역가들은 작업을 얼마나 빨리 해요?
>
> 나 사람에 따라 다른데… 그래도 보통 한 시간에 A4 한 장은 옮길 것 같네요.

앞의 기사 제목은 이런 대화 끝에 탄생한 것이다. 제작진이 내 답변을 바탕으로 나름대로 계산을 했고, "3,500원(원고지당 번역 단가)×10매(A4 한 장에 들어가는 원고지 매수)×1(시간)"이라는 공식을 통해 '시급 3만 5천'이라는 숫자를 도출해낸 모양이었다.

엄밀히 말하면 내가 하지 않은 이야기지만, 나는 나중에 나온 제목을 보고도 특별히 문제를 제기하지 않았다. 독자들의 시선을 끌기 위해 구체성을 더하려는 제작진의 취지를 이해하기도 했고, 무엇보다 그들의 계산법이 딱히 틀리지도 않았기 때문이다.

그렇게 대수롭지 않게 넘겼던 일화를 다시 떠올리게 된 것은 뜻밖의 공격을 받으면서였다. 한 번역가가 인터넷에 이 인터뷰를 비판하는 글을 쓴 것이다. 내 이름을 구체적으로 언급하지는 않았지만, 인터뷰의 내용과 시기, 금액 등이 정확히 일치하는 것으로 보아 나에 대한 내용임을 짐작할 수 있었다. 그는 내가 거짓말을 한다고 했다. 시급 3만 5천 원은 대한민국의 출판 번역가가 결코 올릴 수 없는 지나치게 높은 수입이라는 것이다.

처음에는 벙쪘고, 나중에는 슬펐다. 다른 모든 걸 떠나서, 나와 같은 일을 하는 누군가가 이 직업의 경제적 가치를 그렇게 낮게 평가한다는 사실이 안타까웠다. 나는 문제의 인터뷰에서 수입 이야기를 아예 하지 않았지만, 만약 그 금액에 거짓이 있다면 오히려 비판과는 정반대의 성질이었다. 내가 출판번역을 통해 올리는 수입은 시급 3만 5천 원보다 높았다. 그것도 훨씬.

하지만 글쓴이의 마음이 이해되지 않는 것은 아니었다. 내가 그의 이야기를 읽고 느낀 것은 사실 익숙한 서글픔이었다. 출판번역계에는 애초에 높은 수익을 기대할 수 없다는 인식이 널리 퍼져 있다. 이 바닥에서 이름만 대면 알 만한 베테랑조차 "돈 생각할 거면 이 일 하지 마세요"라고 공공연하게 얘기하곤 한다. 이런 분위기의 바탕에는 갖가지 현실적인 이유가 깔려 있다. 오랜 세월 오르지 않는 번역 단가, 돈 이야기에 무딘 출판 업계의 특성, 소득 안정성을 보장받기 어려운 프리랜서의 직업적 환경 등.

하지만 나는 이런 분위기를 곧이곧대로 받아들이고 싶지 않다. 아니, 그럴 수 없다. 취미가 아니라 직업인데, 프로로 일하며 어떻게 돈 생각을 안 한단 말인가? 돈을 벌지 않으면 쌀은 어떻게 사고 전기요금은 어떻게 낸단 말인가? 일을 하면 돈을 벌고 싶고, 기왕 벌 거면 조금이라도 많이, 내 노동의 가치를 인정받으며 벌고 싶은 것이 인간의 자연스런 욕구 아닌가?

내가 출판번역으로 남들이 말하는 것보다 높은 수익을 올리는 데는 몇 가지 이유가 있다. 일단 '번역' 자체만으로 볼 때 일감을 끊기지 않게 받으며, 경력을 쌓으며 작업 속도와 단가를 업계 상위 수준으로 끌어올려왔다. 이렇게 표준 단가의 작업을 계속하는 것만으로도 인터뷰 수준의 수입은 충분히 달성할 수 있다.

물론 프리랜서로서 괜찮은 일감을 꾸준히 따낸다는 건 쉬운 일이 아니다. 내가 이렇게 일할 수 있는 배경에는 번역가로서의 실력과 평판뿐 아니라 다른 우물들이 가져온 시너지가 있다. 그 시너지는 직업의 안정성을 강화시키는 데 그치지 않고, 일의 범위와 가치까지 확대시킨다. 나는 영어 원서를 우리말로 옮기는 작업 외에도 감수, 기고, 집필, 강의를 비롯해서 '번역'이라는 일에서 파생된 다양한 파이프라인을 갖고 있다. 때로는 번역과 글쓰기가 동시에 필요한 프로젝트처럼 서로 다른 우물을 결합하는 일을 의뢰받기도 하는데, 이런 경우에는 대체할 인력이 별로 없는 만큼 작업비가 껑충 뛰어오른다.

예전에 즐겨 보던 한 주말 예능 프로그램에서, MC를 맡았던 유재석 씨가 이런 말을 한 적이 있다. "우리 프로그램의 라이벌은 동시간대에 방영되는 타사 예능이 아니에요. 우리의 진짜 라이벌은 바로 벚꽃입니다." 그는 시청률 경쟁을 벌이기 이전에 주말을 맞아 나들이를 떠나고픈 시청자들을 TV 앞으로 불러들여야 하는 자신의 미션을 정확히 알고 있었다.

직업의 경계가 무너지고 각종 기술이 실시간으로 발달하는 오늘날, 이런 미션이 적용되지 않는 분야라는 게 존재할까? 어쩌면 우리가 진짜 신경 써야 하는 건 업계 안에서의 눈치 싸움이나 경쟁이 아닐지 모른다. 모든 직업인이 어디서든 위험과 예측 불가능한 사건이 나타날 수 있다는 사실을 인정하고, 그 상황을 역으로 이용해서 나의 잠재력을 표출시킬 수 있다면, 어쩌면 세상에 '돈 못 버는 직업'이라는 개념은 사라질지도 모른다.

완전한 블루오션을 찾기란 어려운 일이다.

하지만 흔한 아이템이라도 나다움이 더해지면
차별화된 아이템으로 진화할 수 있다.

선구자를 꿈꾸는 건 멋진 일이지만

이미 개척된 길을 나답게 걸어가기만 해도

세상에 또 하나의 새로움을 더할 수 있다.

⌣

이상해도,
무해하고 행복해

예전에 썼던 책에서 옷차림에 관해 이야기한 적이 있다. 콘텐츠나 창작 분야에서 일하는 프리랜서들은 보통 강연 같은 행사에도 캐주얼한 복장으로 참여하는데, 나는 아직 법률사무소 사무직 물이 덜 빠졌는지 세미 정장이라도 차려 입어야 마음이 편하다는 이야기였다. 이런 습관은 현재 진행형이라, 요즘도 익숙한 원피스나 블라우스 차림으로 독자들을 만난다.

몇 주 전, 주말 오후에 잡힌 강연 일정을 마치고 저녁 약속 자리에 갔다. 오랜만에 만난 동기들과 근황을 나누는데, 한 친구가 내 손을 가리키며 웃음을 터뜨렸다.

"야, 서메리! 너 그게 폰 케이스야?"

그때 내 스마트폰은 투명한 지퍼백에 고이 담겨 있었다. 맞다. 식재료나 남은 반찬을 보관할 때 쓰는 그 지퍼백 말이다. 얼마 전에 폰을 바꿨는데 케이스를 구입할 시간이 없어서 일단 이렇게 다닌다고, 그렇지 않아도 오늘 외출한 김에 필름도 붙이고 케이스도 살 거라고 설명했지만 한번 터진 친구들의 웃음은 그치지 않았다. 자연스레 떠오른 그날의 화두 중 하나는 '이상한 서메리'였다. 편안한 티셔츠와 운동화의 무리 속에 혼자 빳빳한 셔츠와 하이힐 차림으로 앉아 있는 나. 그러면서도 휴대폰은 아무렇지 않게 지퍼백에 넣어 다니는 나. 지금 쓰면서 봐도 정말 이상야릇한 조합이지만, 사실 나는 이런 내 모습이 싫지 않다. 그날 장난기 가득한 말투로 나를 놀리던 친구들의 표정 역시 즐거운 흥미와 따뜻한 호의로 가득했다.

가만히 살펴보면 내 이상함은 아마도 일상 곳곳에 스며든 모순에서 나오는 것 같다. 강연이나 영상 콘텐츠를 통해 나를 만난 사람들은 내가 내향적인 성격이라는 사실을 잘 받아들이지 못한다. 낯을 가리고 숫기가 없다는 내 고백을 진지한 콘셉트의 개그로 여기는 이들도 많다. 하지만 가족이나 오랜 지인들은 오히려 내가 어떻게 카메라 앞에 서고 수십, 수백 명 앞에서 마이크를 잡는다는 선택을 했는지 이해하지 못한다. 그들이 알던 나는 한 달 교통비가 1만 원도 채 나오지 않는 강력한 '집순이'로, 취미조차 독서와 뜨개질로 구성된 비대면형 인간의 정점이었기 때문이다(참고로 카드사가 알려준 지난달 교통비는 8,600원이었다).

이러한 괴리는 돈벌이를 대하는 태도에서도 드러난다. 지금도 많은 이들이 내게 돈 되는 일에 집중하라는 조언을 건넨다. 요즘 잘 팔리지도 않는 글을 쓰거나 단가 낮은 번역에 에너지를 분산하지 말고, 대세인 유튜브나 수익성 높은 영어 강의에 시간을 몰아서 쓰라는 것이다. '일타 강사'를 노리고 입시 영어 시장으로 진출해보라고 강하게 권유한 사람도 여럿 있었다. 그러나 나는 글과 번역, 그리고 돈은 조금 덜 되지만 내 마음과 삶을 풍요롭게 하는 다른 여러 우물들을 포기할 마음이 없다. 오직 수입의 크기를 늘리기 위해 생활을 포기하고 일에만 매달릴 생각도 없다.

그렇다고 해서 내가 돈 앞에 초연한 사람이냐 하면, 또 그런 것도 아니다. 정해진 월급이 없는 프리랜서로서, 무슨 일을 어떻게 해야 수입을 올릴 수 있을까 매일 진지하게 고민하는 사람이나다. 일감을 받을 때는 내 노동의 가치가 제대로 보상받을 수 있도록 열심히 단가 협상에 나서고, 업계의 관행이라는 이유로 무보수 혹은 형편없이 낮은 보수로 일을 제안 받으면 단호히 인상을 요구하거나 거절 의사를 밝히기도 한다. 모르긴 몰라도, 나와 함께 일해본 사람들 중 일부는 내가 돈에 전혀 관심 없다 생각할 것이고, 일부는 돈을 어지간히 좋아한다고 생각할 것이다.

이 외에도 나열하자면 끝도 없는 모순 속에서 나는 오늘도 살아가고 있다. 한때는 이런 내 모습을 받아들일 수 없었고, 그래서 자신을 참 많이도 미워하면서 지냈다. 돈이 필요하면서도 돈벌이를 피하려 하고, 인간관계가 버거우면서도 종종 외로움을 느끼는 내가 너무 이상했다. 그 이상함은 뾰족한 모서리로 매 순간 나를 콕콕 찔렀다. 그 원만하지 못한 느낌은 도저히 좋아할 수 없는 일상의 불편함이었다.

내 삶은 여전히 이상하다. 하지만 나는 더 이상 이런 자신을 불편해하지 않는다. 나를 이상한 사람으로 만들었던 모순들은 어느새 N개의 우물 중 자신에게 맞는 장소를 찾아서 편안히 자리를 잡았다. 그 순간부터 둥글지 못한 나의 모서리들은 제자리에 놓인 퍼즐 조각처럼 일상과 조화를 이루기 시작했다. 서로 다른 우물에서 서로 다른 모습으로 개성을 발휘하는 그 무해한 모순들을, 지금의 나는 미움보다 애정의 관점에서 바라보게 되었다. 세미 정장과 지퍼백 케이스의 부조화로 친구들에게 웃음을 선사할 수 있다는 것도 참 좋구나, 하는 생각도 할 줄 알게 되었다.

강연에서 독자들과 소통하고, 친구들과 즐겁게 수다를 떨고, 집으로 돌아온 뒤에는 조용히 와인을 홀짝이고 책을 읽으며 남은 저녁을 마무리한다. 다음 날은 하루 종일 집에서 요리나 뜨개질을 하며 휴식을 취한다. 당분간은 외부 일정이나 약속이 없으니 글을 쓰고 번역을 하며 집순이 프리랜서의 생활을 이어갈 것이다. 어쩌면 2, 3일 정도는 누구와도 말을 하지 않을지 모른다. 그러다 유튜브로 진행하는 북클럽 날이 돌아오면 한 시간 동안 100여 명의 구독자들과 책 이야기 삼매경에 빠질 것이다.

익숙한 일에서 편안함을 누리고, 새로운 일에서 두근거림을 찾는다. 이런 날들의 한가운데 있고 이런 날들이 쭉 이어지리라는 사실을 알며 살아가는 기분은 뭐랄까, 꽤 괜찮다.

이상하고, 무해하고, 정말로 나다운 느낌이다.

이상하고 아름다운 나의 N잡 일지

1판 1쇄 발행 2022년 10월 28일
1판 2쇄 발행 2022년 11월 4일

지은이 서메리
발행인 유성권

편집장 양선우
기획·책임편집 신혜진 **편집** 윤경선 임용옥 박채원
해외저작권 정지현
마케팅 김선우 강성 최성환 박혜민 김단희
제작 장재균 **물류** 김성훈 강동훈

펴낸곳 ㈜이퍼블릭
출판등록 1970년 7월 28일, 제1-170호
주소 서울시 양천구 | 목동서로 211 범문빌딩 (07995)
대표전화 02-2653-5131 | **팩스** 02-2653-2455
메일 tiramisu@epublic.co.kr
인스타그램 instagram.com/tiramisu_thebook
포스트 post.naver.com/tiramisu_thebook

티라미수 THE BOOK 은 ㈜이퍼블릭의 인문·에세이 브랜드입니다.

editor's letter

눈이 돌아갈 정도로 빠르게 세상이 변한다는 걸 매일매일 실감해요.
일에 대한 우리 생각과 행동 역시 그렇지요.
도무지 조직생활에 적응할 수 없었던 '이상한' 저자가 N잡을 만난 이후로
처음으로 '시대를 잘 타고났다'는 생각을 했다는 부분에서
저는 묘하게 안심이 되고 공감되더라고요.
나답게 일하면서 행복해질 수 있는 방법, 각자의 우물을 꼭 찾기를.